エド
ミーニャ
ラニア
シエル
登場人物紹介

エレノア

ミリアリーフ
マリアーヌ
ソクラシア

「エクスプローラー流剣術、サンダーブレード」
効果「魔法付与：切断」はこういうとき、
正しく当てられれば効果は絶大だ。
俺の剣が二回り以上大きい
ゴブリンキングを切断していく。

異世界転生 スラム街からの成り上がり 2

~採取や猟をしてご飯食べてスローライフするんだ~

滝川海老郎 Takigawa Ebiro / イラスト: 沖史慈宴

Contents

プロローグ

俺はエド。気がついたら、スラム街のラニエルダに住んでいた。

「エドぉ、むにゃむにゃ、好きぃ」

「ミーニャおはよう」

「あっ、エドちゃん、おはよう」

こちらは同居している女の子ミーニャ。いつも一緒だ。


ある日、前世を思い出した。それで鑑定魔法が使えることがわかった。

食事が豆だけ生活だった俺は、せっせと草原の草を鑑定して、見分けがつきやすい食べられる草を採って食べた。

それから幼馴染《おさななじみ》のラニアも連れて森へ入った。そこにはサトイモ、リンゴ、山ブドウなどがなっていた。

しかしゴブリンなどの魔物も出る。俺たちは戦った。

そうしているうちにアイテムボックスが使えるようになった。

ラニエルダはトライエ市という城塞《じょうさい》都市の城門の外にある。

俺たちスラム街の住人は昼間はトライエ市内に入ってもいいのだけど、街の中に家を借りていない人は旅人以外、夜には城門の中にいてはいけない決まりになっていた。

これはラニエルダの成立に関係している。

八年前、隣の都市エルダニアが、恐ろしい魔物の大群が襲ってくるモンスター・スタンピードという現象の被害に遭って壊滅した。

その避難民が寄り集まってできたのがスラム街で、そこを今はラニエルダと呼ぶようになったそうだ。


黒髪黒眼の俺は魔素占いという子供の遊びによると忌み子であり、呪われているらしい。

でも大人のほとんどは気にせず接してくれる。

ミーニャやラニアも気にしていないようだった。

そんなミーニャは金髪、青緑の目をしていて耳が長い『エルフに連なるもの』だ。

もちろん彼女の両親もそうだ。ミーニャ一家とは一緒に住んでいる。

住んでいるというか俺が以前、彼女たちを拾って家に住まわせているといったほうが正しい。

家主は現在、俺なのだった。俺には母親がいたのだけど、あるときどこかへと消えた。

一応スラム街で雑貨屋をしているドリドンさんに一声かけたようなので、事件に巻き込まれて死んでしまったとかいうわけではないようだ。

何かしらの問題があり、一時的にラニエルダを離れているらしい。

その辺の事情もまったく知らなかった当初は母親も死んでしまったのかもしれないと思っていた

のだけど、それは勘違いだったみたいだ。

それからラニアについて。ラニアは青髪青眼の女の子で、魔法が得意なマギ族だ。

マギ族というだけで遠巻きにする人が多いのだけど、俺は何とも思っていなかった。

ハブられた者同士、妙に息が合って友達になった。特に森に行くときには百人力だ。

ちなみに怒るとファイアボールを飛ばしてくるので、とても怖い。

そんな俺たちは河川敷にも行ってノイチゴを採って、前に森で採ったリンゴ、ブドウと同様にジャムを作り、ドリドン雑貨店で販売して利益を得ている。

それより前にはスーッとするミントのハーブティーと犬麦茶を販売していたんだけど、こちらはガキ大将のハリスに権利を譲って、俺たちは中間マージンを貰《もら》うことにした。

それはこの仕事の利益率があまり高くないからで、他の子供たちでも十分できる仕事だと判断したからだった。

そうしてゴブリン、一角ウサギを狩ったりして過ごし、武器、胸当てと装備を強化した。それからしばらくしたある日、森でヌシ級である大イノシシとご対面になる。

必死に戦い、なんとか勝利して、冒険者ギルドに持ち込んだのだった。

一部の肉は自分の手元に残してあるので、料理にも使った。

あのサイコロステーキはとても美味《おい》しかった。

それから忘れちゃいけないのが、キノコだ。俺は鑑定でキノコを判別できる。

中には似た毒キノコも生えているため、注意が必要だから助かっている。

そして食べられるキノコはとても美味しい。食卓を豊かにしてくれた。

小麦粉や油を買って、料理の幅も広がっていい感じになってきた。

俺たちは採取や猟をすることで、少しずつお金や現物を得て豊かなスローライフを過ごすんだという意気込みで、毎日生活をしている。


そんなところに、今度は新しい猫耳の女の子と出会う事件が発生する。

スローライフもなかなかままならない――。

これはそんな俺たちの成り上がり生活の一端のお話。

一章　トマトとシエル

木曜日。曜日は数えているが何月何日か実は知らない。

ちゃんとしたカレンダーなんかないし、いやまあ、街に行けばあると思うけど。

そろそろ春も終わりだ。朝食も終わり、そわそわしているミーニャに今日の予定を告げる。

「今日は森へ行こう」

「ちょっと久しぶりだね」

「あぁ、最近、戦争とかあったしな」

「う、うんっ」

　戦争といってもガキンチョの衝突だが、俺たちにも影響するので困る。

　どうしても欲しい食材があるのだ。街に行けば売っているには売っている。しかし高いのは確実だった。前に値段を見たことがあるが、金貨を持ってても貧乏性の俺には買うのはためらわれる。

　そこで自生していそうな森を探索する。いつも森探索はしているけれど、見逃すことも多い。背の高い草などに隠れていると見つけにくいのだ。

　いつものようにラニアを連れてきて、森の入り口に行く。

「んじゃ、いつものように祝福お願い」

「ラファリエール様、私たちをお守りください」

　ミーニャが手で聖印を切ってお祈りをしてくれる。なんか神聖な雰囲気で、これぞ祝福だった。

「森のちょっと右のほうへ行ってみよう」

「うん」

「はいっ」

　あまり右奥――見張り山と呼ばれる向こう側のほうへは行ったことがない。

　ラニアも真剣な顔で杖《つえ》を構えて応えてくれる。一口に森と言ってもその雰囲気や植生は一様ではなく、バラつきがある。今日こそは発見したい。

少し進むと開けた場所に出た。

「あっ赤い実がなってます。美味《おい》しそうですね！」

「にゃぁ、すごーい」

そう。君だよ君。俺が求めてやまないもの。——トマト。

一応、いつもの儀式、鑑定。

【トマト　植物　食用可】

トマトケチャップにトマトソース、ＢＬＴ……ベーコンレタストマトサンド。

トマトとタマネギのサラダ。あとは忘れてたピザ、トマトパスタなどのイタリア料理系。

うちではケチャップ以外は生が多かったけど、その活用方法は幅広い。

ハンバーグのソースにも入れたりする。

あれはとんかつソースみたいな茶色いソースとケチャップを同じくらい使う、という気がする。

俺は前世で、小学校時代まで母親が料理をするのを横で見ていることが多かった。

だからだいたいの材料とかはなんとなく知っている。

母親は料理が上手だったのだ。でも現代日本の出汁《だし》入り味噌《みそ》とか合わせ調味料とか時短食材などもそこそこ使っていたので、本格派とまではいかない。

今となっては記憶は少し曖昧だ。

まさに素人の見様《みよう》見真似《みまね》だけど、からきし無知よりはマシだと思うほかない。

分量までとなると……勘だ勘。

「やったな、トマト君、君を探していた」

「にゃは」

俺はトマトを収穫して収納する。夏にはまだ早いだろう。早く実がなる種類なのかもしれない。

もしくは野生なので種《たね》が落ちてすぐ芽が出て、早めに成長したのか。

不思議なことに一度見つけるとその後、同じものを見つけやすい。

トマトもほら、また実っている。

こういう「一度突破してしまえばあとは簡単になる」という現象に名前がついていたような気がする。ブレイクスルーかな、学術用語だと。他の言い方を考えてみたけど思いつかない。

百メートル走でも十秒の壁というのがあると聞くからな。

さて森の探索は続く。またゴブリンだ。今日は四匹。

「ラニア、ほどほどに」

「なんですか。ファイアボールなんて使わないわよ」

「そうしてくれ」

俺とミーニャで殴りかかる。ミーニャは杖だ。メイスではないが似たような機能はある。

ラニアの魔法攻撃も合わせて、なんとかゴブリン四匹を倒すことができた。

ささっと簡易解体をして魔石だけ持ち帰る。あとは放置だ。オオカミさんが食べるだろう。

実を言えばそのオオカミのほうがゴブリンより怖い。

さて少し移動して、またトマトを収穫した。幸先は悪くない。

「お、この倒木、ええぞええぞ」

「エド、それなに？　へんな黒いのついてるぅ」

「うん、これがね、食べられるんだ。キクラゲっていうキノコだよ」

「ふーん。美味しいの？」

「えっと、普通かな。でも料理の味に変化があると楽しいでしょ」

「なるほどぉ」

鑑定。

【キクラゲ　キノコ　食用可】

キクラゲは日本でも目にしたことがある。木の多い公園の枯れた木などによく群生している。

「どんどん採ろう」

「うん」

ぐふふ。キクラゲをゲットした。これといった用途を思いつかないが、何があるだろうか。ラーメンのトッピングに入っていたりしたか。

多いのは冷やし中華と、八宝菜などの中華料理だ。あとはキクラゲと野菜の炒《いた》め物とかもありかな、あんまり食べたことはないが。

もう一本、近くの倒木にもキクラゲが生えていたので収穫する。種とか菌とか、おそらく近くに落ちるから群生するという自然の法則なのだろう。

合間合間に、過去に見つけたホレン草、タンポポ草、フキなども採って歩く。それからサトイモもあった。その辺に生えまくっているものとして他にも、ヨモギ、ドクダミがあった。

どちらも健康茶などに入れたりする。

俺はホクホク顔で帰っていく。いろいろな食材が自生している世界でよかった。

この街で流通してるなら世界のどこかで採取されているわけだから、生えてて当然ともいえるけれど、それが自分たちの住む場所の近くとは限らない。

特にトマトは地球世界であれば新大陸由来なので、前世であれば「ジャガイモ警察」に突っ込まれてそうな気がする。

それは中世ヨーロッパに新大陸発見後に持ち込まれたジャガイモはないから、中世ヨーロッパ風ファンタジーにもジャガイモはないはずだ、おかしい、という突っ込みだけど、この世界ではやはりその理屈は通じないということだろう。

お昼を過ぎて、午後もいろいろしていると夕方になる。待ちに待った夕ご飯の準備をしよう。

今日のお昼過ぎ、トマトを潰《つぶ》して鍋にぶち込んだ。

そこに塩、すり潰したタマネギなどを投入して、かなり煮込んだ。

もうおわかりだろう。――トマトケチャップ。

地球の偉大な発明の一つだ。

そして我々はすでにエッグバードの卵の節約により、鶏卵もどきを手に入れている。

いくつかはミーニャの「かきたまにしたいよぉ」という請願のもと、スープに何回か入れてしまった。それでも卵はまだ残っている。

卵を溶いて塩で味付けし、オリーブオイルを使ってフライパンで焼いたそれは、プレーンオムレツだ。オムライスは米がないので当分作れない。

「黄色い塊になった！」

「ああ、これがオムレツ」

「オムレツ！」

人数分のオムレツを作る。

かきたま妖精となったミーニャの頼みを何回か断って、卵を温存してきた甲斐《かい》があった。

そして先ほど作ったトマトケチャップ。実を言えばトマトソースにしか見えない、んだけど素人作成なのでそこは目をつぶって。このトマトソースをオムレツにかける。

「すごい！　黄色に赤で美味しそう！」

「素敵ですね」

まだうちに残っているラニアも感心してくれる。

さてこうしてオムレツは完成した。でもこれだけではない。味は多少似てしまうかもしれない。でも食べたかった。

夕方、トマトケチャップを煮ている間に、ちまちまと作業をした。

小麦粉を贅沢《ぜいたく》に使い水で練ったものを、三センチぐらいずつに小さくちぎって簡単に丸める。

パスタマシーンなどという文明の利器はないので、ショートパスタにしよう。

ショートパスタにはシェル型や筒状のものなどがある。

今回は筒状の穴のない形のものにした。えっと一番近いのはニョッキかな。

トマトケチャップにイノシシ肉を小さく切ったもの、あと干し肉も入れて、さらにタマネギとキクラゲを追加して、こちらは本当にトマトソースにする。

食事前の時間になったら、ニョッキもどきを茹《ゆ》でる。

茹でたニョッキにイノシシ肉入りトマトソースをかけて完成。それと先ほどのトマトケチャップのプレーンオムレツ。

以上、なんちゃってイタリアンが完成した。

「エド君。今日はまた、ずいぶんと凝っているね」

「そうね。私もなんだかうれしくなっちゃうわ」

ギードさんとメルンさんもその鮮やかな見た目に舌を巻く。

「食べていい？　食べていいよね？」

腹ペコエルフのミーニャちゃんが耳をぴくぴくさせながらお腹をさすっている。かわいい。

「ああ、完成だ。熱いうちに召し上がれ」

「ラファリエール様に感謝して、いただきます」

「「いただきまーす」」

スプーンとフォークを両手に掴《つか》んで、ぎこちないながら口に運ぶ。

「んんっ、おいしいぃぃいい」

「はい。美味しいです」

うむ。トマトって日本にいるとあんまり気にしないかもしれないけど「旨味《うまみ》」が出る。

トマトラーメンとかもあるくらいだし。ある種の出汁みたいな濃厚な味は、美味しい。

豆の味しか知らない民に、このトマトの旨味はかなり凶暴だ。

「うまい、うまい。エド君、おいしいよ」

「おいしい」

ギードさんとメルンさんも満足、満足。

こうしてトマト料理がうちの味に仲間入りをして、また一つ食材が豊かになった。

トマトは森よりは太陽がよく当たる乾燥した土地が適しているらしい。

思い出してみれば、トマトが生えていた辺りはたまたま高い木が少なく、低木もまばらだったから、よく陽《ひ》が差したのだろう。なるほど、うまいこと自分に合った土地を見つけるものだ。

トマトの種を切り株の平原に植えまくったら、大量に繁殖して大儲《おおもう》けできそう。

さて、どうしようか。実際にやるとなると種がないな、うん。

今日使ったトマトの種の部分は、前世と同じようにゴミ壺《つぼ》行きにしてしまった。

ちなみにこの有機物しか入ってないゴミ壺は、定期的にスライムトイレに投げ入れられて捨てられる。

プラスチックゴミとかがない中世風世界だからできる芸当である。

そのぶんビニール袋とかなくて不便だけど、まあ何事も慣れてくる。

そんなことを考えつつ、ミーニャとラニアの一張羅のワンピースにトマトケチャップが飛び散っていないか、注意深く観察する。

「うん、ケチャップは飛んでないみたい。これからも気をつけてね」

「あ、え、うん。わかった」

さてラニアを送っていこう。

「そういえばラニアさ、トマト持ってく？」

「あ、いいの？」

「うん」

トマトはたまにちらっと見る市場でも流通量は少ないんじゃないかな。というかあまり街の市場を見ないので確信はないけど、高級野菜だと思う。

トマトを注意深く籠《かご》に入れてラニアに持たせる。背負いバッグに突っ込むと潰れないか心配だからね。大丈夫だとは思っても、油断は禁物だ。

ケチャップも量を少し多めに作ったので残りをビン詰めにして籠の隅に入れておいた。

「お邪魔しました」

ラニアをおうちまで送る。トマト籠と杖をなんとか片手に持って、反対側の手で俺の手を掴んでくる。そうすると俺の反対側の手はもちろんミーニャが握ってくる。

　普段はそれほど手をつないだりしないのに、こういうときは別だ。

「ふふふ、今日はトマト貰《もら》っちゃいました」

「ああ、でもどうやって料理したらいいか、わからんかもしれないね」

「そうですね。薄切りにして塩とオリーブオイルのドレッシングで食べても美味しいんですよね？」

「うん。タマネギスライスなんかも一緒にしてもいい」

「わかりました」

　トマトのサラダも悪くない。ミニトマトなら丸のまま、生で食べてもいいし。今日のトマトはそれより少し大きいけど。

　森の中で育った割には、イメージと違ってちゃんと赤い。立派なトマトだ。ナメクジとかにやられていなくてよかった。というかナメクジいるのかな。よくわからないが、この世界では害虫などと言われる虫が全体的に少ない。地球だとカラスノエンドウにはアブラムシがよくつくが、この世界で同様の状態を見たことがない。

　ああいうのは見るのもダメという人が結構いるので、ありがたい。


　ある日、ギードさんが話を持ちかけてきた。

「なあエド君。スプーンの売上金も貯《た》まってきたし、エルダニアに行きたいのだけど、一緒に来てくれるかい」

「え、俺とギードさんだけですか？」

「いや、メルンも行く。ミーニャだけ置いていくわけにはいかないので、もちろん連れていく。そうなるとエド君としてはラニアちゃんも連れていきたいだろう？」

「そうですね」

「旅行というわけではないんだ。そうだな、視察かな」

「視察ですか」

「そう。僕たちの元の職業に関係しているといえば関係している。僕たちは見に行く義務があるんだ。責任としてね」

「そうなんですか、理由とかその職業は教えてくれないんですか？」

「万が一、何かあったときに僕たちの正体を知っていて敵側に捕まると、それ相応の罰を受けるかもしれない。今はまだ知らないほうがいいと思う」

「そうですか。わかりました。今はそれで納得します」

「すまない。あと旅行資金なんだけど、少し出してくれ、重ねてすまない」

「いえ、金貨何枚かなら余裕ですよ」

「そうか、助かる」

ぶっちゃけ元からギードさんの家に資金を入れることは考えていたし、物入りの際にはさらに資金を出すつもりでいた。

ただちょっとタイミングがなかっただけで。あとは干し肉や小麦粉を買ってあげたりは前からしている。

あれから二回目のノイチゴジャムの売り上げも回収した。

ラニアとは資金の端数について調整をすることになった。

今まで俺がいわゆる雇用者的な立場で端数があるときは賃金を多めに渡すようにしていたのだけど、ラニアはうれしいけれど申し訳ないし、できるだけ俺との差が少ないほうがいいと言うので、きっちり半分ずつということになったのだ。ということで資金は余っている。

美味しい食材とか買い込んでもいいけど、ゆっくりやろう。

まず馬車の手配をお願いすることになって、これはギードさんと俺が直接、商業ギルドへ行って貸し出し馬車を手配してきた。馬車のレンタル料はそこまで高くない。しかし保証金というのが痛かった。金貨十枚くらいは普通に取られた。これだとギードさんの資金だけでは無理っぽいので、もちろん俺が出した。

保証金は馬車が戻ってくれば返却される。

なんやかんや準備をして数日経過、出発の前日になった。


朝、起きて外に出ると家の外にうずくまっている小さい女の子がいた。

髪の色は銀、頭の上に猫耳らしきものが生えていた。

ピンクの服はかなりボロが目立つ。着たきりなのだろうと思われる。

俺たちは地味な茶色の服を着まわしているが、こういう明るい色の服を買ったのに着替えがなくてボロボロにしている子もスラム街では珍しくない。

猫耳かと思ったが、いや、タヌキか？　イヌかな？

もしかしてライオン？　オオカミという線も。

「あの……大丈夫？」

「みゃうぅぅぅ」

みゃうと鳴くのは子猫だ。

ということはやはり原点に戻って猫獣人なのだろう。

「どうしたの？」

「みゃぅぅう、あの……お腹すいたみゃう」

体育座りの状態から顔だけ上げると、目にいっぱい涙を浮かべている。

「お、おう。どれくらい食べてないの？」

「三日くらい、もうわかんない、だって。みゃうぅ」

「わかった。うちで朝ご飯あげるから。立てる？」

「はいみゃう」

手に掴まらせて立たせる。俺より少し小さい。ミーニャとどっこいくらい。

年齢も五歳か六歳、俺たちと同じくらいだろう。

そのまま待ってもらって、すぐに俺は本来の用事のトイレに行ってくる。

ご飯の支度はすでにメルンさんにお願いしてある。

トイレから戻ってきてまずは名前を聞くことから始めてみよう。

「それで名前は？」

「シエル。シエル・モールライト」

「ふむ」

信用していないわけではないが鑑定。

【シエル・モールライト
　５歳　メス　Ａ型　猫耳族　Ｅランク
　ＨＰ６９／１３５　ＭＰ３２／１５２
　健康状態：Ｃ（衰弱）】

自己申告の通りだ。数値がかなり減っていて、手当てが必要そうだ。

さて朝はスープを作ってもらった。それに溶き卵と小麦粉を入れてある。

スープはゆるめのホワイトソースみたいなものだ。

小麦粉はお粥《かゆ》がないのでその代わりとする。

麦が粒のままのオートミールがあればよかったが、小麦粉しかなかったのだ。

ホレン草とタンポポ草とニンニクのスタミナソテーなどのオカズもある。

「いただきます」

「「いただきます」」

「ささ、シエルちゃんもどうぞ」

「あ、はい。いただきます、みゃう」

みんなで食べ始める。

こう言ってはなんだけど、この辺の家の中ではうちの料理が一番美味しいだろう。

「美味しい！」

「そっか」

バクバク食べるシエルちゃん。

スープを飲み干したかと思えば、オカズにも手を出して、いろいろな種類を食べている。

フキやサトイモの煮物などもある。

もっとも醤油《しょうゆ》味じゃないんで、俺的にはあと一歩なんだけど。

「すごく、すごく、美味しかったですみゃう」

「よかったね」

「はいっ」

シエルちゃんの顔はとても綺麗《きれい》でかわいかった。

「にゃ、にゃう」

隣でそれをじっと見ていたミーニャがぽつりと鳴いた。

ふむ。猫獣人VSエルフ獣人もどき。さてどちらが真の猫獣人の座を射止めるか。

どっちもかわいいから、両方というのはどうだろうか。仲良くしてね、仲良く。

多少嫉妬《しっと》するくらいならいいけど、バトルはだめよ、だめだめよ。

「葉っぱついてる」

「えっ」

シエルちゃんの口元に緑の葉っぱの欠片《かけら》がついていた。

それをミーニャが手を出してシュッと取る。

「あ、ありがとう」

「いいんだよ！　にゃはは」

「みゃうぅぅ」

よかった。なんだかんだ仲良くできそうだ。

シエルちゃんは朝ご飯を食べた後もうちにいた。

「あの……どこにも行くところがないみゃう」

「そ、そうか」

「エド君と一緒にいたいみゃう」

「そうだよなぁ」

俺がご飯を与えて家に入れた。純然たる事実だ。

拾ってきたペットではないが人間だからこそ責任は俺にある。

午前中は様子を見ることになって、ミーニャと一緒に籠を編んでいた。

最初は難しそうにしていたが、コツを掴んだのかだんだん上手になってきた。

俺は、子供を拾ってきたのは初めてではない。

そうだ。ミーニャだって雨の日に拾ってきたのは俺らしいし。

「うんしょ、うんしょ」

一所懸命作業をしているシエルちゃんを今更、追い出すわけにもいくまい。


この家には元々、エルダニアで身分が高かった老夫婦が住んでいた。

エルダニアが崩壊した八年くらい前からのことだろう。

そして数年前、俺エドと母親のトマリアがスラム街ラニエルダにやってきて、老夫婦に拾われた。

スラム街の中では二人で住むにしては広めの家だった。もちろん一般的な家よりはずっと狭いが。

普通の気のいいおじいちゃんとおばあちゃんだ。俺も少しだけ記憶にある。

しかし一年ちょっとでおじいちゃんの具合が悪くなり他界して、後を追うようにおばあちゃんも亡くなった。

このあばら家はトマリアと俺がそのまま引き継ぐことになり、それからミーニャ一家を今度は俺が拾ったのだ。

そうして、また少女を拾ってしまった。

「ミーニャちゃんどうかみゃ」

「うん、大丈夫」

「よかったみゃあ」

籠を編む作業の確認をしているらしい。うむ。こうしているとなかなか仲がいい。どちらも猫だけに。

結構毛だらけ猫灰だらけ、という言葉もあったな。

シエルちゃんの頭の上では相変わらず、かわええ猫耳がぴこぴこ動いている。

頭をなでなでしたいが、親しいわけでもないのに、触っていいか迷う。

ミーニャの頭は容赦なく撫《な》でる俺だが、それは兄妹《きょうだい》みたいなものだからだ。

見ず知らずの子の頭までは、俺だって撫でたりしない。

しかし触りたい。かわいい。ぴくぴくしてる。たまらん。

「エド君、どうしたの？」

シエルちゃんはこくんと小首をかしげて、目を真ん丸にして興味深そうに俺を見つめてくる。

反則級にかわいい。

不正はなかった、いいね、不正はないんだ。ラファリエール様に誓って。

今日この瞬間はシエルちゃんの勝ち。俺は手を伸ばして頭と猫耳を撫でる。

「ふっ、ふわぁ、あはあ」

シエルちゃんはなんだか心地よさそうな声を出して目を細めた。

嫌がってはいないから大丈夫だろう。頭を触ろうとすると必死に手で庇《かば》う子もいる。

そういう子の多くは普段から頭を殴られている。

どうやらシエルちゃんはそういう暴力を振るう家庭から逃げ出してきた、というわけではなさそうだ。

懸念の一つは消えたけど、まだこの家の外にうずくまっていた理由は話してもらえていない。

そのうち話してくれるだろうか。

俺の知り合いはよそからスラム街に流れてきた人が多いので、出自が不明な人が何人かいる。

ミーニャ一家もそうだ。ラニエルダでは出自の話がタブーとまではいかないけど、悲惨な過去を持つ人が多いので、そういう話はあまりしない。今を生きるのに精一杯だからでもある。

前を向いて再出発できる機会があるだけでも、儲けものだと思うほかない。

ラニア一家はエルダニア出身で、元々は商業系の護衛の仕事をしていて、そっちに顔が広いと聞いたことがある。

ラニエルダができて八年なので、ラニアはスラム街に来てから生まれた子なのだろう。

家こそうちよりボロいスラム街仕様だけど商業ギルドとのつながりが今も残っていて、トライエ市内の商店で護衛関連の仕事をしているらしい。

取引先とかが他都市にあったからできることだ。元貴族もしくは今も他国の貴族とか、そんな家系らしいとも聞くが詳細は不明だ。

きっと若いころもトライエとエルダニアの間を護衛しながら往復とかしていたのだろう。

「ミーニャ、ミーニャ、この取っ手のとこは？」

「あ、うん。ここはこうしてクルッと回してこうだよ」

「ありがとうみゃう」

「ううん。最初は難しいから、どんどん聞いて」

「うんっ」

シエルちゃんとミーニャはとっくに仲良しさんだ。

あの俺の後ろをついて歩いていたミーニャがすっかりお姉さん気取りで教えている。いい傾向だ。

金髪ロングのミーニャと肩までの銀髪セミロングのシエルちゃん（猫耳付き）が並んでいると、天使の姉妹みたいに見える。

めちゃくちゃかわいい。

シエルちゃんはちょっと汚れているが、午後になったら水浴びしに行こう。

あとピンクのおボロはミーニャの予備の茶色い服を貸してもらうか。

やっぱり服も正副予備の三系統欲しい。ちなみにスラム街もトライエ市にも電気は通っていない。

そもそもこの世界では電気がまだ発明されてないっぽい。

手が小さいからか、逆に小さく細かいことが得意みたいで、ミーニャもシエルちゃんも大人顔負けに籠を編んでいる。

シエルちゃんはまだ始めたばかりなのを考慮しても、そこそこできるようだ。

「シエルちゃんは籠編みが結構得意そうだね」

「あ、うん。おうちで似た仕事をしたことがあるから。あっ」

家のことを言ってしまったという顔をして、少し悲しそうな表情をする。

さすがにミーニャもおうちのことを聞き返したりしない。

ミーニャがシエルちゃんの頭を撫でて励ましていた。

言葉がなくても応援はできる。

「シエルちゃんはお手伝いとかしてて偉いね。私、最近まで遊び歩いていて」

ミーニャが自分のことを語りだす。

「エドが春先にいつだったか、派手に転んだの。その後から様子がちょっとおかしくてね」

「おかしいって」

「ううん、悪い意味じゃなくて、頼りになるようになったの。食べられる野草も採ってくるし、あとキノコが美味しいの。私も手伝うようになって、ただのお荷物から卒業したんだ」

「ふぅん」

シエルちゃんは、半分くらいしか理解していない顔で、生返事をした。

そりゃあこの異世界に転生したことを思い出して、鑑定とアイテムボックスに目覚めて、なんでもできるようになったとか、信じられまい。

もっとも転生も鑑定も隠しているから、変な人にしか見えなくてもおかしくはない。

二章　トマトパスタとキノコ売却

俺はひと足先にスプーン作りを終えて、今日のお昼を作ろうと思う。

メルンさんも治療のお客さんが一段落したので、手伝ってくれる。

以前、俺は遊び歩いているか城内でアルバイトをしているかだし、ギードさんは日雇い労働だったので、家を空けがちだった。

ミーニャは俺の後ろをついて歩いてお手伝いだった。

それで家にはメルンさんしかいなかったのだけど、今は俺たちもいる。

治療をしている横で何か作業をしていると気にならないのだろうか、とは思うけど部屋の仕切りとかもないのでこれはしょうがないのだった。

最近好評のトマト料理。トマトがわりと高級品なこともあって、食べたことがある人は少ない。

先に小麦粉を水で練って大きな団子を作る。その団子を適当な棒で延ばして平らにしていく。

何回も延ばしては折り畳みナイフで細く切ったら、ご存じ「麺」の出来上がりだ。

うどんのような何かができた。

一応、イメージとしてはスパゲッティーミートソースだ。

麺の断面は円ではなく四角形なので、フェットチーネのような形になった。

トマトを潰《つぶ》したスープに、イノシシ肉、ニンニク、塩、ホレン草、サニーレタス、タンポポ草、固形のトマトを入れていく。

今日はシエルちゃんもいるので、この前、草原を通ったら見つけた秘蔵のエルダタケも入れよう。

ここでキノコ知識のおさらい。

草原の切り株に生えるエルダタケはそこそこ美味《おい》しいキノコだが、毒キノコに似ているのであまり食用にされない。

同様に草原に生える通称ムラサキキノコ、ムラサキメルリアタケはすごく美味しいけど、たまにしか見つからない。金貨に値するかもしれないキノコちゃんの筆頭格だ。

エクシス森林の倒木で見つかるウスベニタケもかなり美味しい。こちらも金貨候補だ。この前採ったのを提出し忘れたままなのでアイテムボックスに一株ある。

あとやはり倒木に多いキクラゲ。好きな人はわりと好きだろう。

今採れるキノコのシーズンもそろそろ終わりそうな気配なので、早めに採取したい。

ウスベニタケは早くギルドに卸しに行かないと。

最近、キノコ探索はあまりやっていないので、力を入れたいところだけど、先にエルダニアへ出かけないといけなくなった。

やることは無限にあるな。

いや待てよ。一人増えたので四人で草原探索というのもいいかもしれない。

森探索のほうが新しい植物を見つけやすいが、草原もまだ見出《みいだ》していない種類の草はかなりある。

「あのスラム街でトマトなんて!?　あっごめんなさい。口出しなんてしして。食べさせてもらってるのに」

「いや、いいんだ。トマト知ってるんだ？」

「はい。……あの、村の特産品なんみゃだけど、高級品なので村ではほとんど食べられないの」

「そっか、そうだよな」

高級品を作る生産者は、自分では口にできないというのはたまにある話だ。

特にトマトなんかは傷んだものも潰してトマトソースにすれば売れるんだから、余り物が出ない。

地球ではカカオ豆などが筆頭だろうか。

「（ごくり）トマトだけじゃなくて、お肉に野菜まで」

「あぁ、うちはなるべく健康的に、具だくさんにしたいんだ」

「すごいみゃう」

「まぁ自分で採ってきたものがほとんどだから、お金はかかってないんだけどね」

「へぇ、それはそれで違う意味で、すごいみゃうね」

べた褒めされるのも、これはこれで結構恥ずかしいな。

ミーニャは半分、「エドはこういうもの」と思ってるし、素直な賞賛はむずむずする。

「ミーニャ、それからシエルちゃんも、少しいい？」

「なぁに？　エド」

「はいっ」

命令待ちのこの子たちは、素直でわんこみたいでかわいい。

それはさておき。

「ラニアを迎えに行ってきて。たぶん料理食べたいでしょ」

「うんっ」

「あ、それから本来は俺が行くべきなんだけど、シエルちゃんの紹介もよろしく」

「わかった」

今はソースを作ってて、これからパスタもどきうどんを茹《ゆ》でなければならない。

茹ですぎはよくないし、さすがにすべてメルンさんの勘にお任せはちょっと怖いし無責任だ。

「行ってきます」

「行ってきますみゃう」

「二人とも、気をつけて行きなさい」

「二人とも、行ってらっしゃい」

メルンさんと俺に見送られ、手を振って、二人は手をつないで出ていった。

やっぱり仲良しさんになってて俺はうれしい。

さすがにこの子たちに限って、二人きりになった瞬間から演技をやめてツンツン攻撃的になる裏の顔があるとか、ないよね。

ないといいな。こんな小さな子が裏では敵同士とか怖い。

まだ六歳ぐらいだもんな。ありえないか。よかったぁ。心配しすぎだよな。

ちょうどパスタが茹で上がったころに三人になって戻ってきた。

「おう、三人ともおかえり」

「「ただいま」」

「その、ただいま、みゃう」

ラニアはだいぶうちの子化している。

その点、シエルちゃんはまだよそよそしく顔を赤くして返事をした。

「いい匂い。ミーニャ、トマトすきぃ」

「私も、この前から好きになりました」

「私もトマトは好きみゃう」

みんな好きそうでよかった。

「ラファリエール様に感謝して、いただきます」

「「いただきます」」

スプーンとフォークで食べる。

麺をくるくる巻くのにみんな苦労しているものの、なんとか食べていた。

「んっ」

「「美味しい」」

異口同音という通り、みんな同じ台詞《せりふ》だった。

一言だけ感想を言うのが義務だとでも思っているのか、また麺を食べる作業に戻る。

もちろんメルンさんとギードさんも舌鼓を打っていた。

「お肉もうれしいみゃう……」

「だよねぇ」

「そうですね」

パスタはあっという間にみんなのお腹に消えた。多めに作ったのにおかわりですぐに鍋は空になった。幼女三人が膨らんだお腹をさすったり、ぽんぽんたたいたりしていた。

なんだかすごくかわいい。これを見てるだけでも癒《いや》される。

ところで、さすがに二人も増えると家が少し狭い。引っ越しの時期だろうか。かといって引っ越す先がない。トライエ市周辺を離れるのはまずい。母親は行方不明だが戻ってくるらしいし。ラニエルダからトライエ市内に移り住むのはありだろう。

ただ収入が安定して、そこそこの額がないと賃貸料がネックになる。

スラム街の家は一応、違法建築物であって、家賃がは発生していない。領主が自分の土地ということで黙認しているため、誰も賃料を取ろうとしないのだ。勝手に賃料をせしめたらそいつが犯罪者になる。スラム街住人にはありがたい状況だ。

黙認という形ではあるが、領主の誠実さにみんな感謝はしている。ただし初期に避難民を城壁内に入れない政策を取ったことは、エルダニアの元住人はあまりよく思っていない。いくら治安維持のためとはいえ「領主は非情」とスラム街では言われている。

俺は後から流れ着いた人なので、初期のいざこざは見ていないというか生まれる前だからわからないけど、領主の肩もエルダニア市民の肩も持ちにくい。

その後、ラニエルダの治安が良くなるのに数年かかったことを考えれば、領主の方針は正しかったのだろう。

しかし避難民からしたら、城壁内に入れないのは死の危険と隣り合わせなのだ。

笑って許せるほど能天気な者はいない。


午後は予定の通り、四人で切り株の平原探索をしよう。

特に狙いはキノコだ。指導は目が笑っていないラニアだ。装備は、念には念を入れて剣も杖《つえ》も持ってきている。

それでも、万が一、ゴブリンやウルフが群れで出てきたら困る。

ないとは思うが城壁の外である以上、絶対はない。

「シエルちゃん、切り株や地面にキノコが生えていることがあるの」

「うん」

「サルノコシカケって知ってる？」

「わかるみゃう」

「そう、そのサルノコシカケ以外のキノコを探してほしいのです。あったらエド君に言えば種類を教えてくれるから」

「エド君は詳しいみゃう？」

おっと、視線がこっちを向いている。

「えっ、ああ。母ちゃんに昔少し仕込まれたから、これくらいなら」

「ふぅん」

あまり信用していない視線を向けてくるシエルちゃん。

最初はラニアも何だろうって顔してたな。

「シエルちゃんはキノコ詳しいの？」

「ううん。知ってるキノコはあるけど、判定までは無理で。似てるキノコがあるって知ってるからみゃう」

「だいぶ詳しいみたいだね。こりゃ頼りにできる」

「そんな、ちょっと知ってるだけ、みゃう」

シエルちゃんは褒められると顔を赤くしてブンブンと横に振った。こういうのもかわいい。

食べられるキノコは素人でも知っている。

大事なのは似た毒キノコがあることも知ってるってことだ。そうなると逆に慎重になる。

素人のほうが、食べられるだろうって安易に思って食べてしまうのだ。だから怖い。

俺は詳しいんじゃなくて鑑定だから、これはチートと呼んで差し支えないだろう。

『ラファリエール様、転生神さま、鑑定とアイテムボックスをありがとうございます。それから仲間も』

俺は一人ではない。みんながいて、それで異世界での生活が成り立っている。

前世では寂しい奴だったが、今はこうして女の子に囲まれている。

また増えてしまった、いや増やしてしまったけど。

「キノコ見つけた！　でもこれ、紫色で」

そう声をあげたのは、シエルちゃんだった。急いでシエルちゃんのところへ向かう。

この辺は平地で木が低いので全員がほぼ見える。助かる。

「知らないキノコ？」

「見たことはあるけど、こんな色でたぶん食べられないみゃうね？」

「これすごく美味しいんだ。めちゃくちゃ旨《うま》い」

「うっそっ」

「嘘《うそ》ついてどうするよ。嘘なら俺が死んじゃってるだろ」

「そうみゃう。ってことは、これ美味しいんだ」

ごくりと喉を鳴らす。わかるよ。とりあえず、これは鑑定必須だ。

【ムラサキメルリアタケ　キノコ　食用可（美味）】

本物だ。

「さて、ミーニャ、ラニア！　ムラサキキノコ、本物」

大きな声で呼ぶ。

「えー、ほんとー？」

「今、今、行きます」

二人も飛んでくる。正確には走ってくる。もちろん空を飛んできたりはしない。

「わぁ、すごい、久しぶり」

「これ、金貨、ですよね。何枚くらいですかね」

「さぁ、俺も知らない」

「えっ、金貨みゃ？」

どこかで見たような光景だが。再現だ。

シエルちゃんはキノコと金貨のイメージが結びつかないらしい。

「これ、知ってる人なら金貨で買い取ってくれそうなんだ」

「そうなんだ。知らなかったみゃう！　知ってたら村の周りの草原で採ったのに！」

「村の周り？」

「うん。何回も、何回も、見たことあるみゃう……」

急にしょんぼりしてしまう。もう泣きそうだ。

「これ……こんなキノコが売れるわけないみゃう。売れるなら私だって売られないよ」

「えっ」

「「んっ」」

一瞬口走っただけだけど、なんとなく想像する。

キノコではなく、私だって売られないって。

人身売買は基本違法だが、奴隷として売買する分には合法なのだ。

つまり彼女は親に奴隷として売られてしまったのか、されそうになって逃げてきたということなのかな。

「あっ、ちが、ちがくて、その……」

さすがにシエルちゃんが言いよどんで、口をパクパクさせる。

俺たちは状況を理解して黙って見守った。

「――私、脱走奴隷なんかじゃ」

「いや、別に気にしてないから。俺たちには関係のないことだ。奴隷商に突き出したりしないし」

「そっ、そっか。ごめん、ありがとう」

「それに首輪がないから脱走奴隷ではないよ。まさか引きちぎったりしてないよね」

「そんな馬鹿力、あるわけないみゃう」

「だよね」

「信じてくれるみゃう？」

「当たり前だろ。こんな小さい子が『獣人だから怪力で首輪をちぎったんだ』とか、ホラを吹くならもっとましなホラを……」

「それが、それを信じてる人がいて……ひどい目に遭ったみゃう」

「そうか、なんだか、ごめん」

「ううん。エド君たちは優しくしてくれたから……好きみゃうよ」

「お、おう」

半泣き、半笑いだ。なんだか少しだけ気を許してくれた気がしてうれしくなってくる。

奴隷はそういう身分なので脱走すればそれなりに問題になる。脱走兵が銃殺刑なように、脱走奴隷は重罪だ。ただし正式な奴隷なら首輪をしているはずだ。その辺の事情は少し気になる。

可能性としては、奴隷化前だった、ってことかな。よくあるやつだ。直前で気がついて、必死に逃げてきたパターン。奴隷化前であればセーフである。一応、法律上は。金銭の受け渡しは奴隷化と同時にすることが多いので、お金は渡されていない。両親は貧乏生活が続くかもしれない。

もう一つは、あまり考えたくはないが違法奴隷の類《たぐい》。可能性は低そうだけど、たまにある。正式な奴隷商には免許が交付されるが、免許がない違法奴隷商が存在する。決して関わり合いになりたくない種類の人間であるのは間違いない。そして奴隷狩りが行われるのは後者のパターンだ。

脱走した違法奴隷は当たり前だけど罪にはならない。保護されるはずなのだけど、それは世の中が性善説で回っていればの話だ。怖い世界はある。

「さ、キノコ。残念だけどムラサキメルリアタケは冒険者ギルドに出すって決めてたんだ」

「そうなんだ、残念みゃう」

シエルちゃんはまだ半笑いだ。とぼけたように残念と口にする。きっと、いや、かなり、いい子なのだろう。親思いで、上にも下にも兄弟が間違いなくいるんだろう。

「ご飯用に他のキノコも探そう。次に見つけたムラサキメルリアタケは食事用にしてもいいし」

「そうだね。次のムラサキは食事用。言質とった。にゃ！」

キノコ探しが一斉に再開される。戦果は上々だった。

エルダタケが四株見つかった。そして、ムラサキメルリアタケも一株、追加で見つかった。

毒キノコのドクエルダタケモドキも二株発見した。

鑑定がないとエルダタケを食べるのは怖い。ミーニャはもうヨダレが垂れそうになっている。

「では、冒険者ギルドに向かいます」

「「「おぉ！」」」

みんなでこぶしを振り上げて、キノコパレードをして冒険者ギルドに向かう。


夢にまで見た、やっとこのシーンが現実のものとなった。キノコ売却だ。

それも今、ムラサキメルリアタケもウスベニタケもある。

どちらかがハズレでも、片方売れれば万々歳だ。ハズレならハズレで自分たちだけで美味しく食べちゃうもんね。

領主様とかが知らなくて悔しい思いをしても俺は知らない。自分たちの無知を呪ってくれ。

門を通るときには、女の子ばかり三人も連れているので、

「おい、エド。両手じゃ余っちまうな。まさか三本目の腕があるのか！」

「あるわけないだろ、べぇー」

「どこだ。見せてみろ、ちくしょう。羨《うらや》ましいぞ」

とかバカにされた。いや逆か羨ましがられたけど、いいんだ。俺に隠し腕なんかないよ。悪魔じゃあるまいし。門番とは顔見知りなので、これくらいのじゃれ合いはある。確かに手が二本だと不便だな、とは思った。

右手にシエルちゃんがくっつくと、すかさず左腕を確保したミーニャ。それを余裕の表情で見ながら両手を大きく振り上げて後ろをついてくるラニア。さて優位なのは誰でしょう。俺にもわからない。

実益を得ているのは前の二人だけど、精神面ではラニアの一本勝ちだ。あとでくっついてくるかもしれないけど。

ハーレムなら明確な上下は決めないほうがいいと思うので、ドローということでひとつ。

輪になって遊ぶのが一番だ、うんうん。

俺は「お兄ちゃん」扱いで、将来白馬に乗った王子様が迎えに来るかもしれないし。そんなことになったらお兄ちゃんは泣いちゃうけどね。いないけど視聴者のみなさんもお怒りになると思うよ、それは。

シエルちゃんは結局、本人には言ってないけど水浴びのご予定がキャンセルになってまだボロいピンクのワンピースのままだ。スラム街があるのでみっともないと言う人は皆無だけど、思ってる人はいる。他人の内心の自由までは、俺らにはどうにもできない。

たまにそういう顔をするおばさんが通りかかるので、その度にシエルちゃんのつないでる手がビクッと反応する。ちょっと可哀想《かわいそう》だったか。

やっぱり先に茶色いミーニャの着替えを出してくるんだったかな。

でももう半分以上の距離を進んだ。今からだと冒険者ギルドのほうが近い。

そのままギルドに到着した。いつものカウベルの音になんだか安心する。やっと着いた。

いつものように受付のエルフのお姉さんのところに行く。エルフは高慢という噂《うわさ》のせいで列は短い。

普通だと思うんだ。いやミーニャには異常に気を使ってるから、ミーニャのほうは純粋なエルフか何かだとは推測できるんだけど。

血統書とかないのでよくはわからない。猫じゃあるまいし……猫だけど。

「こんにちは」

「こんにちは、エルフ様」

「そのエルフ様っていうのやめてほしい」

「わかりました。ではお名前をお借りしてミーニャ様でよろしいですか？」

「まぁいいや」

「ではミーニャ様とお連れ様。本日はどのようなご用件で？」

「キノコを買い取ってほしいんですけど」

「キノコですか。まぁいいです。見せてください」

謎のため息をつかれたけど、見せるのはタダだし見せてみよう。

俺が背負いバッグに偽装したアイテムボックスからムラサキメルリアタケとウスベニタケを出す。

「こっ、これは！」

珍しくエルフのお姉さんが表情を崩す。

「「「おおっ!!!」」」

「俺はムラサキメルリアタケとウスベニタケだと思います」

「私にもそう見えますが、珍しいですね。人間はあまりキノコを食べませんので」

お姉さんがじっくり観察する。ここでいう人間はヒューマン種のことだろう。

エルフさんは自分たちを人間と同じ枠に入れていない物言いをよくする。

だからこの受付に人が並ばないんだけど。

「あの、このまま引き取ることもできます。各金貨一枚で金貨二枚となります」

「そっか、金貨二枚か」

「それか両方合わせて金貨一枚で鑑定をしてもらい、証明書つきで本物であればですがムラサキメルリアタケが金貨四枚、ウスベニタケは金貨三枚になりますね。賭けではありますが、偽物を持ってくるような人ではないですよね」

キラッとお姉さんの目が光る。なるほど俺たちを品定めする気だな。

でも俺はエルフとドワーフの親愛の証《あかし》のナイフ持ちだし、ミーニャはそのエルフ様なんでしょう。

種族そのものの信頼と当人の信頼は別という考えかもしれないけど。

俺だって鑑定持ちなので、当然後者だ。

「鑑定で」

「じゃあ鑑定してもらいますね。先に鑑定料として金貨一枚、これは先払いでして」

「わかった」

持っててよかった金貨ちゃん。残り少ないけど大丈夫。

「はい、金貨」

「ぽんっと出しますね」

「俺は自分を信じてるんで」

鑑定持ちだってことはバラせない雰囲気だしね。

だいたい鑑定内容を他人に見せられないので、俺が鑑定持ちなんだ！　と主張したところで他人のプライバシーをペラペラしゃべって当ててみせる以外に証明できない。そんな趣味もないんで、ここは秘密ということで。

おぉおおお、ギルドの奥の部屋から出てきた人がつけてるアレ、本物は初めて見る。モノクルってやつ。片眼鏡《かためがね》ともいう。それをつけた、偉そうな男性エルフさんが出てきた。シルクハットはかぶってないが雰囲気的には紳士っぽい。

クイッとモノクルを持ち上げるような仕草をして、じっとキノコを見つめる。

「確かにこちらはムラサキメルリアタケ良品。ウスベニタケ良品ですね。鮮度も落ちていません」

「でしょうね。わかりました。ではお約束通り、金貨にして四枚と三枚、合計七枚お支払いします」

男性エルフは俺たちを一瞥《いちべつ》してから「ふんっ」と鼻で笑った後、隣でボーッと鑑定の様子を見ていたミーニャを見て目を見張る。

「あっ、あなた様は、もしや」

「クマイラス殿、むやみに鑑定するのはマナー違反ですよ」

「わかっている。しかし、このとんがり耳。この金髪。このオーラ、鑑定せずとも間違いなく」

「そうなのでしょうけど……私たちは平《ひら》のギルド職員にすぎないのですから」

「わかっていると言っている」

カウンター越しにミーニャをじっと見つめる中年のエルフさん。

中年といってもエルフだから顔は若いけど、それはそれでちょっとキモい。

もしかしてあまりよろしくない趣味の人だろうか。

「お美しい。ミーニャ様でしたか」

「そうです、にゃっ」

「……ハイエルフ様に連なるもの」

ミーニャが、猫だったら全身の毛を立たせて震えるような状態なっている。

「ほら、怖がってます」

「私をか？　そ、そうか。すまない。そのようなつもりではなかった。失礼いたします」

優雅に挨拶をして去っていった。ハーフエルフ？　ってみんなこうなのだろうか。なんだかイメージがおかしくなりそうだ。

キノコの売り上げもホクホクだし、みんなで割り勘だ。七枚のうち一枚が経費なので六枚を四人で分ける。

一人一枚半だ。銀貨はあるのでラニアに分ける。

「はい、ラニア」

「ありがとう、ございます」

クルッと向きを変える。

「それからはい、シエルちゃん」

「えっ私？」

「うん。自分たちで見つけたキノコだから、均等割り」

「均等割り？」

「あぁ同じ金額で分けるって意味ね」

「いいの？」

「うん」

「ありがとう！」

そそくさとピンクのワンピースの隠しポケットに金貨と銀貨をしまう。

大切そうにポケットを上から撫《な》でていた。

「あぁ、そうそう、これからもしばらくうちにいるつもりなら俺が代理で預かってもいいよ。必要なら俺から引き出してくれればいいから」

「うん！　じゃあそうするみゃう」

「ああ」

「では、はいお金、お願いします。――それから私も、しばらくお世話になりますみゃう」

そう言って頭を下げた。ボロい服であっても、少し上品に見えたのは俺だけの秘密だ。

こうして結局、シエルちゃんはしばらくうちの子ということで話はまとまった。

ギードさんとメルンさんには説明しないと。

それからエルダニアに明日行かないといけない。連れていくしかないか。

食料とかは十分持っていくので大丈夫だけど、大所帯だな。そうして忙《せわ》しなく準備を進めた。

三章　馬車の旅、エルダニアへ

午後、冒険者ギルドでキノコの売却を完了した。

「んじゃあお金も入ったし、シエルちゃんは服を買おうか」

「え、私みゃう？」

「うん」

以前、ミーニャが買ったギルドの売店のリユース服ゾーンに行く。

「あのね……私、でも」

「さすがにその服はちょっと目立つから」

「そっか。どれにしようかな、みゃぅみゃぅ……」

探してきたのはピンクのほとんど同じ服だった。

「あのね、このピンクの服。お母さんが取り寄せてくれた、みゃう。お金なくて私を売るのにせめて服くらいはって言って、みゃぅ」

「なるほど、優しいお母さんだったんだ」

「うん。それから最後の日の夕食はトマト煮のスープを食べさせてくれたの。いつもはトマトは絶対ダメって言うみゃうのに」

「よかったね」

「うん。でも次の日に怖い人が来て首輪をつけようとしてきて、私は逃げてきちゃったみゃう」

「そっか」

奴隷商っておっかないイメージだからなんとなく気持ちはわかる。

なるほど、そういう理由だったのか。それでトライエ市から三日以上離れた村なのかな、家から逃げてきて途中で脱走奴隷だと思われて捕まりそうになってまた逃げてきて、スラム街まで来て俺の家の前で力尽きていたということか。

新しいワンピースは前のワンピースの面影がある。さすがに金貨は必要ないので、所持金の銀貨を渡して支払いをした。シエルちゃんは終始ご機嫌で、ワンピースをたまに眺めたりしていた。

そんなこんなで準備は進んで夜だ。俺はミーニャとシエルちゃんに挟まれて眠ることになった。

少女二人のサンドイッチは温かいけれど、これはこれで青年思考の俺にはドキドキする。

一部屋に三人で寝るから、かなり狭くてどうしてもくっついてしまうのだ。

これは不可抗力なの。両手に花、両手に花、と思って寝る。


さて朝だ。うちの子になったので今度からシエルもミーニャ同様、基本呼び捨てとする。

お隣さんのルドルフさん、クエスさん夫婦に挨拶をする。

シエルを見かけて少し気にしている様子だった。お互い猫獣人なので気になることがあるのかもしれない。

しばらく留守にすることと、エッグバードの卵のお世話をお願いしてきた。

卵は食べてしまってもいいし、ギルドに売ってもいい。

もちろん売れるならドリドン雑貨店でも自分の露店でもいいけど。

たぶん一個銀貨一枚くらいにはなる。

実際にはもっと高いかもしれないけど知らない。俺の常識ではこれだけでも一人なら数日は生きていけるかなりいい値段だ。

普段は俺が紹介した籠《かご》作りを毎日しているはずだ。

販売ルートはあるので、作れるなら何個でも大丈夫みたい。

すっかり安定収入になって顔色も前よりだいぶいい。

「はい、では留守はお任せください」

「んじゃ頼みました」

今日のギードさんとメルンさんはラニエルダに来たときに着ていた一張羅だ。

貴族のお忍びの衣装くらいの豪華さの、そこそこ立派な服装だった。

俺とギードさんだけで先に城内に行き、商業ギルドで馬車を借りてくる。

当たり前だけど馬車だけではなく二頭の馬も一緒についてくる。

馬車のほかに、アースドラゴン土竜《どりゅう》が引っ張る竜車、ランバードという走鳥が引っ張る鳥車がある。馬車は二頭、土竜は一頭、走鳥は四羽で引く。

俺たちは普通の馬車を借りた。土竜が一番力持ちで、走鳥が一番速い。

馬は平均的で一番安い。一応、幌《ほろ》馬車だ。ただし幌はかなり年季の入ったボロボロのものだ。

ギードさんは御者の経験があるそうなので心配ない。

そしてエルダニアに運ぶ荷物を荷台に積む。

これはトライエ市からエルダニアに輸送する予定だったもので、俺たちが馬車をレンタルしたのを知った商業ギルドの人からの依頼で代わりに輸送する。

これで実質、馬車のレンタル料が割引になってほとんど無料だった。

しかし料金と保証金は先払いで、依頼料は後払いなので、先立つものが必要というね。

「では、出発」

御者席でギードさんが馬車を動かす。俺は補助席に座ってそれを眺める。

馬はギードさんの指示に従ってゆっくりと動きだす。

二頭引きの馬車は最初はすごく遅いが、少しずつ速くなっていく。馬力が小さいというか、そういうものらしい。車ならアクセルを踏めばビューンと進んでいくけど、あれとは全然違った。

大通りを通って東門に向かった。そして門の前で徐々にスピードを落とす。

馬車は車以上にすぐに止まれない。原始的なブレーキは一応ついているけれど、そう簡単にはいかないらしい。操縦には先を読む力が必要みたいだった。

ただ他に通行している馬車の数が多くないので、その辺は楽だ。

ドリドン雑貨店のちょっと先に一度馬車を止める。

そこにはミーニャとメルンさん、ラニア、シエルが待機していた。それ以外にも馬車が四台、停車している。

「エドぉ」

「ミーニャ、ラニア、シエル」

俺が補助席から手を振る。

「みんなは後ろね」

「はーい」

後部座席にみんなが乗り込んでいく。荷物は俺のアイテムボックスにほとんど入っている。

万が一のため、イルク豆、着火装置、鍋、水筒などいくつかはそのまま積み込んでいる。

俺が死んだり行方不明になったときに、飢え死にしない最低限の食料などだ。

ギードさんが前の馬車の列に挨拶に行った。

「どうも、エルフに連なる者のギードです。冒険者ランクは確かBだったかな」

「「おぉぉ」」

「こりゃ心強い」

「ブランクがありまして。今日から三日間、途中のエルダニアまでですがよろしくお願いします」

「はいよ。じゃあ隊商、出発」

待っていたのは一緒に行動してくれる隊商だった。

複数の商人が護衛の冒険者を出し合い行動を共にすることで、安全を確保するのだ。

馬車は再び動きだして街道を進む。うちの馬車は最後尾だ。

えっと、まず向かうのはエクシス森林とエルトリア街道だったと思う。

エルトリア街道はトライエ市とエルダニアをつなぐ道だ。

間には小さな町が一つあるだけで、その前後に野宿を一回ずつする。

見張り山からはるか遠くにエルダニアが見えているといっても、その距離はかなりある。

馬車はトコトコ進んだ。

エクシス森林を左手にメルリア川を右手にしてエルトリア街道をひたすら進む。

街道は途中から細くなって馬車一台分の幅しかない。

これではすれ違いができないと思うかもしれないけど、五百メートル間隔くらいで待避所みたいな広くなっている場所がある。

中には広い待避所もあって、近くに沢が流れていて小さな橋があり、煮炊きをした形跡があった。

隊商の馬車は街道を進んでいく。


トライエ市を出発して数時間が経過したあたり。橋がある。石造りの立派な橋だ。

エルトリア街道に交差するように川が流れている。

「エクシス川だな。メルリア川の支流だよ。あれはエクシス橋」

「へぇ」

「上流に行くと水が綺麗《きれい》で、そうそう、滝があるんだ。エクシスの滝だよ」

「なるほど」

「エクシスの滝という名前が先で、森がその名前を貰ったそうだ」

「さすがギードさん、物知り」

「まあね」

橋には小屋が立っていて兵士が五人ほど駐留していた。

トライエ市から進むこと半日。手頃な退避所があったので、そこでお昼にする。

野営のお昼は初めてだ。でも魔道コンロを持ち込んでいるので、やることは同じだという。

野菜を適当に切ってこの前採ったエルダタケを一つ入れ、スープを作る。

キノコを入れると抜群に旨味《うまみ》が出るので、あるなら入れたい。

ブタ肉っぽいイノシシ肉を少量入れる。まだ在庫はそこそこあるので、大量に入れてもいいが、昼だし軽めでいいかな、と。あとは持ち込みの卵を二つだけ使い、目玉焼きに。味付けは塩。

「なにこれ、卵がそのまま焼かれてて面白い！」

「ほんとう。これが卵って感じですね」

「へぇ面白い、みゃう」

みんな目玉焼きを見て目を輝かせている。いろいろ作ってみると思わぬ反応が返ってくるから、俺も作り甲斐《がい》がある。

ナイフを使って目玉焼きを三分割して、六人分に分ける。

「「いただきます」」

「黄色いところと白いところで味も違う！」

「はい、白いところは少し柔らかくて、黄色いところはほくほくしてます」

「こんなの食べたことない、みゃう」

ワイワイ騒いで目玉焼きを食べた。スープもかなり美味《おい》しい。

「いい匂いさせてるねぇ」

「ちょっとスープ分けてくれよ」

他の馬車の人が声をかけてくる。

「はいどうぞ」

そうくると予想していたのでスープは多めに作ってある。目玉焼きはないぞ。

ずずず。

「うっまっ、なんだこのスープ。めっちゃうまい」

「おい、俺にも少しくれ」

「俺も俺も」

ぞろぞろと人が集まりだした。

お椀《わん》がそんなにないので、他の馬車の人には悪いけれど椀を使いまわしさせてもらう。

「うまい」

「すげーうまい」

「これなら毎日食いたい」

「ありがとう坊主」

「じゃあな、またな」

うちのスープはよっぽど美味しいらしい。ささっと片づけをして出発だ。

またゴロゴロ、トコトコと馬車に揺られていく。道は未舗装路で土がむき出しになっている。

しかし土自体はかなり硬く押し固められていて、轍《わだち》もそこまでできていない。

街道のメンテナンスはしっかりされているようだ。トライエ領主の采配なのだろう。

街道の反対側のエルダニアは現在領主が不在だ。揺れるには揺れるけど許容範囲だと思う。

三人娘は荷台の中でわいわい楽しくやっているようだ。女の子は仲がいいとすごく明るくて華やかだからいいね。

そうして夕方、馬車を待避所に停車させる。

「到着」

「ここ？」

「うん、今日はここに野営だ」

ギードさんの宣言で準備を進める。夜ご飯は、贅沢《ぜいたく》にイノシシ肉の焼肉となった。

肉を焼いていると、次々に人が来て持っていってしまう。

「うまうま」

「美味しい」

「いい肉、いい人、今日もお疲れさん」

なんだかよくわからないが他の馬車の人たちまで集まって焼肉パーティーだった。

そうしてそのまま寝る。俺たちはうまい飯によって夜警が免除になったので、みんなで寝てしまう。テントなどはない。馬車の荷台で頑張って並んで寝る。

なーに、いつも狭いスラム街の家で寝てるから余裕余裕。

うっ、半ば予想していたけど、女の子三人がくっついてきて非常に寝にくかった。

くっそ、いつもと違う女の子のいい匂いがする。ということはラニアだろう。気分は悪くないがドキドキして寝つけない。

朝になった。いつの間にか寝てしまった。むしろいつもより気持ちよくて、ぐっすりだった。

教会の鐘の音が聞こえてこない朝というのは、これはこれでいいね。また飯の準備だ。

贅沢ばかりしていると後で困るので、今日はイルク豆の水煮にしよう。

といってもホレン草、サトイモを入れてアレンジしてある。

豆だけだからきついんだ。具材が数種類あれば、まだ食べられる。

「なんだ、今日は貧民のイルク豆か。そういえばスラム街在住なんだっけか」

「まあ毎日贅沢ってわけにもいかないかぁ」

「食えるだけでも儲《もう》けもんだぜ。前なんかずっと乾燥携帯食料だったぜ」

「うわぁああ」

「そりゃひどい」

乾燥携帯食料というのは乾パンみたいなやつでボソボソして食べるのがきつい。

だいたいは水と一緒に無理やり飲み込むのがお作法となっている。

野営で料理するだけでも上級の部類だからこれでも贅沢なんだ。

魔道コンロだって、持っていない人は煮炊きが面倒だし。

こうして二日目。街道を順調に進む。

途中で昼食をとって、夕方には今日の目標のトライエ市とエルダニアの中間地点、バレル町に到着した。

高さ数メートルある土の壁が町を囲っている。町の大きさは思ったより小さい。

その壁の間の門のようなところを通って町の中に入る。入町税のようなものはない。

門には兵士さんが十人以上いたのでどうしたんだろうと思ったけど、いつもこうらしい。

トライエ市よりもモンスターが出やすいのだろう。

表通りにある宿屋に泊まる。馬車は街道に路駐だった。

確かに馬車五台も駐車できる馬車小屋なんてないもんね。

宿屋のおかみさんに案内されて食堂でみんなで夕ご飯だ。

「いただきます」

「うんとお食べ」

出てきたのは黒パンと野菜スープだった。干し肉を戻したものが少し浮かんでいる。

ずずずず。

スープを飲む。まぁまぁ美味しい。だけどみんな微妙な顔をしている。

黒パンをスープに浸して食べていた。俺も真似して食べる。

そうだな、出汁《だし》が弱いな。塩味は感じるけど味も薄い。

野菜はダイコンとネギとサトイモかな。あとは少量の干し肉以外には何も入ってない。

なんか俺のほうを見てる人が数人。

「ほら、坊主の飯のほうがうまい」

「違いねぇわ、あははは」

「あははは」

一斉に笑いだして、なんだと思った。こわっ。いやいやいや、俺はここでは料理しないよ。

大人たちはエールをあおってる。

ギードさんとメルンさんは遠慮してレモン水をちびちびやっていた。

俺もレモン水をぐびぐび飲んだ。

このレモン水、地下倉庫で冷やした水に少しレモン汁を垂らしただけらしいんだが、結構うまい。

女の子たちも同じものを注文している。どの店にも得意なものがあるようで、この店は飲み物ということで。

部屋は男女別だった。

「なんだかさみしいな」

「そうかい、いつもミーニャと一緒だもんなあ」

「はい。男だけで寝るのって初めてかも」

「あはは、おやすみ」

ギードさんと相部屋で寝る。女子部屋はどんなことになっているだろうか。

俺にとっては一人で広く感じられるシングルベッドで眠りについた。

翌朝、今日も宿の微妙なスープを味わって食べて英気を養う。

腹に入ってしまえば似たようなものだ。黒パンは普通だったからまだよかった。

黒パンにも当たりはずれがあって、古くてクソ硬いパンがあるらしい。

旅をしていると激マズ飯に当たることがある、と同じ隊商の人が冗談交じりに教えてくれた。

俺のスープの秘訣《ひけつ》を聞かれたが、流通していないキノコの出汁がうまいんだと説明したら微妙な表情をされてしまった。

「そのキノコ、売ってくれたりは？」

「いや在庫もほとんどなくて」

「どうやって入手したんだ？」

「その辺に生えてるのを採りました。子供四人で半日で四つくらいですね、採れるのは」

「そ、そうか。ちなみに採取地は？」

「え、スラム街のすぐ外の草原ですよ」

「あんな場所か、ふむ。確かに誰も手を出してない土地だな」

「そうそう、すごく似てる毒キノコがあるんです。ご注意を」

「そ、それは。ありがとう」

さすがにここまで説明すると引き下がっていく。商人だから目がマジになっててヤバかった。

あれはタカだかトンビだかの猛禽類《もうきんるい》が獲物を狙っている目だった。

あれだけうまいんだから商機だと思うのもわかるが、自家用なんだごめんな。

これが少しコショウ入れるだけでとかなら、買ってくれればいいから簡単なんだけどね。

あ、そうそう、コショウも入れると美味しいだろうね。まだ砂糖とコショウは買っていないんだ。

意外に思われるかもしれないけど、売買額が金貨になると、さすがにおいそれと買ってしまおうという勇気が出なかった。うん、でも今度買ってこよう。


今日も街道を進んでいく。お昼休憩をしてご飯を食べた。

またうちのスープを食べに来るみなさん。料金取るぞこの野郎。

冗談はともかく、みんなすっかりお気に入りだ。またひたすら街道を行く。

そうして夜は少し遅くなってしまったので簡単に適当な料理で済ませる。

また慣れない女の子たちの甘い匂いに包まれながら眠った。


翌朝、三日目。今日の朝ご飯はイルク豆の水煮でさっと済ませた。

隊商の他の人たちには、豆だけだったのでぶぅぶぅ言われてしまった。

美味しいスープが飲みたいんだって。知らんがな。

俺たちは夜警できる人員がいなくて、おまけに料理で免除してもらっている身なので、一応、持ちつ持たれつではある。

スープも他の人たちの分は、がっつり分けているわけじゃなくて、小さなお椀に軽く一杯程度だ。

馬車の旅を再開する。昼過ぎぐらいにはエルダニアに到着する予定だ。

トコトコ進んでいく。

馬車は揺れにくいものの、たまに小石を踏んだりするとガタンと音がする。

ガタン。

「うにゃっ」

「あう」

「みゃう」

そうすると荷台から女の子たちのかわいい声が聞こえてくる。

なんだかちょっとイケない声に似ていて、俺だけ一人もんもんと過ごしていた。

美少女奴隷を三人、輸送する悪い奴隷商であります。

毎日栄養のある餌は食べさせております。夜も無理やりぐっすりと眠れるようにさせております。

適度な会話や運動もたまに行っております。健康的ですべすべお肌でしっかり肉付きのいい美少女に育てるでありますよ。ぐへへ。

などと奴隷商ごっこを脳内妄想しつつ先へ進む。

マジで奴隷になりかかったシエルからしたら、ヤメテってビンタされちゃいそうな妄想だけど、表には出さないようにしよう、うん。

そうして道を進んでいくと道の先のほう、森の上空に細い白い煙が昇っているのが見えた。

「エド君、煙だ」

「おう、なんだろう」

「大丈夫、ご飯を作ってるんだ」

「あぁ炊事ね」

狼煙《のろし》ではなくて、炊事の煙だ。俺たちは魔道コンロを使っているので電磁調理器みたいに煙は出ないが、薪《まき》を使った炊事なら当たり前だけど煙が出る。

ちゃんとした炭なら煙も少ないが、そんな高級品を使っているわけはなかった。それなら魔道コンロのほうがコスパはよさそうだし。

煙の方向に進むことしばし。ついに城門が見えてきた。

門戸は破壊されたままで、機能していない。兵士がいる。ちゃんと人はいるらしい。全部で八人。剣や槍《やり》、あと弓兵もいた。

馬車の列は速度を落として城門も素通りして、中に入って停《と》まった。

「お疲れ様、今日はここで一泊だ。それからエルフさんちはここでお別れなんだよね？」

「はい」

「じゃあまた明日出発するときに挨拶していくから」

門の中はひどい有様だった。木造の家という家はほとんど全壊していて、木片が山になっていた。

中心地近くには簡易小屋がいくつもあり、そこで人々が生活している。

中央の噴水は生きていて、水が汲《く》めるのだ。住民は四十人くらいかな。

俺たちはドリドン雑貨店のような、ここの中では立派な小屋の販売店へ食材などの物資を納品した。

「ご注文の品、お届けに来ました。僕はギードといいます」

「やっと来てくれましたか」

「すみません。なんだか遅れたみたいで」

「いや、あんたたち代理だろ。よくこんなところまで来てくれたよ」

「はい、そう言っていただけるとありがたいです」

ギードさんが店主に話しかけて駄賃を貰《もら》っていた。

「ねぇねぇ、あれ、あのストリート沿い」

「なに？」

ミーニャが目ざとく何か見つけたようだ。

「サクランボだよね？　甘いんだよね？」

「あぁ、確かに」

北大通りの街路樹は一度倒れた跡があったが、新芽がこの八年で成長してちょうどいい高さの木になっていた。

その木がサクラなのだ。

正確にはサクランボの木で、春にはさぞ白い綺麗な花を咲かせたのだろう。

「あぁサクラ通りのことかい」

販売店の店主が説明してくれる。

「あのサクランボの木は領主のものだったんだけど、領主も逃げちまったからねぇ」

「あぁ、あの悪徳領主ですか」

「知ってるんだ」

「俺たちラニエルダに住んでるんで」

「それなら知ってるだろうなぁ」

エルダニア領主、ベーベン・ドリアンドン伯爵はモンスターが暴走したのを知った直後、馬車で真っ先に逃走していたのだ。

ここまではラニエルダでも有名な話だ。この話にはもちろん続きがある。

モンスター防衛戦の際、領軍は独自の判断で城壁内に市民とともに立てこもり、どうしようもなくなっていた。

そこへ北のヘルホルン山の向こう側、隣のエルフ国のサルバトリア公爵がエルフ騎士団を早急に派遣してくれたのだ。

領軍およびエルフ騎士団の挟み撃ちにより奮戦し、なんとか市民を外へ逃がすルートを確保した。

しかし兵士たち自身は盾となりほとんど全滅した。

支援に来た精鋭のエルフ騎士団も壊滅したらしい。

「エルフには感謝しているよ」

「あぁ、いえ、はい」

「エルフ騎士団が来なければ領軍だけでは逃げることすら難しかったからね」

「そうみたいですね」

「その後のサルバトリアには悪いことをした。みんな悔しがっている。北に足を向けて寝られないよ」

「どうも、どうも」

鑑定を使って、ギードさんの名前を確認してみる。

ギード・ラトミニ・ネトカンネン・サルバキアとある。サルバキアとサルバトリアね。

つまり結構なご関係みたいですね。店主はまだ情報を持っているらしく、ちょっと渋い顔をしているギードさんをよそに話を続けようとする。

「どういうこと？　感謝してるのに悪いことをしたって」

おっちゃんの話はこうだ。サルバトリア公爵は独自の判断で精鋭の騎士団をほぼすべて出した。国や他の領地の意見を無視したのだ。他領は猛反対をしたがすでに遅く、騎士団が出発した後だった。そのため他領の不満は非常に大きく、これが後々まで尾を引くことになる。結果、エルダニアの民はほとんどが脱出できたが騎士団は壊滅した。

それから内政が荒れに荒れ、数年後、周辺の諸侯が合同で「サルバトリア公爵は反逆者である」と宣戦を布告、あっという間にサルバトリア公爵領は占領されてしまった。

防衛に当たる騎士団はみんなエルダニアに派遣されて失っていたので、あっけなかったそうだ。

サルバトリア公爵と夫人、それからまだ幼い一人娘は行方不明となった。

こちらはどっかの領主と違い、領主を思う家臣たちに説得されて逃げさせられたのだという。

「サルバトリア公爵の名前ってわかる？」

「あーんー、確かギード様じゃなかったかなぁ」

ビンゴ。つまりギードさんじゃないですか。領主様だったんですね。それで責任があると。

「あれ、そういえばあんたもさっきギードって」

「いやいや、エルフではよくある名前なんで」

「そうかいそうかい」

いやぁ、名前だけじゃなくて名字もそっくりじゃないですかね。

「それでな、サルバトリア公爵家って裏王家の家系なんだよ」

「裏王家？」

「そう。国を治めているのが表王家っていうんだけど、その血筋にはもう一家あってそれが裏王家なんだ。この二つの家は血が濃い、要するにハイエルフ様直系の家系でな」

「あぁ純血のエルフっていう」

「いや、ちょっと違うんだ」

「そうなの？」

「ああ」

純血のエルフは現在、俗にハイエルフと呼ばれているらしい。

今も生存が確認されているのはエスターシアおばあ様、御年《おんとし》一二六四歳だけなのだそうだ。

噂《うわさ》では他に四人くらい、世捨て人がいるというが定かではない。

このエスターシア様の直系が現王家、表王家シメアジー家と裏王家サルバトリア家なのだという。

「ギード様と奥様は八分の七くらいエルフだよ。ほとんどエルフだけど、王家でさえ純血じゃないんだそうだよ」

「へぇ」

つまり純血のエルフに一番近いエルフなんだ。

そんでもってここで、鼻くそほじってボォーッとしてつまらなそうに聞いてるミーニャも。

おいミーニャよ、お前さんちの話なんやで。あと鼻くそは食べないように。

「よく見れば、ギードさんも奥さんもお嬢さんも、エルフの中ではとびきりの金髪だねぇ。そんな綺麗な金髪のエルフ、めったにいないよ。実はいいところのご出身なんじゃないの？」

「いえ、まあ」

「いいよいいよ、ほれ、リンゴ。あげる」

「ありがとう」

リンゴを貰った。人数分。ムシャムシャ食べる。おいちい。

「それでおじさん、サクランボなんだけど全部採ってもいいかな？」

「いいよ。ここにはもうあれを採る元気な人なんていないしね。領主はどっか行っちまったし」

「わかった。ありがとう」

ということで緊急ミッション。サクランボを採ろう。

「みんな、サクランボ狩りだ」

「「「おぉ」」」

サクランボは手に届くちょうどいい高さに枝を垂らしている。それを採って歩く。

「ちょっと甘くて、なんだかいい匂い」

食べてみると、サクラのほのかな匂いと甘味が美味しい。

よし採りまくろう。そして新しいジャムですよ、ジャム。

「みんなジャムにするからな、金貨だぜ」

「「「おおおぉ」」」

やる気を出させるのはやっぱり報酬だよな。金貨で干し肉が買えるとよろこんだのも、そんなに昔ではない。サクランボ、おいち。時々口に入れながらもどんどん採っていく。

籠いっぱいになるくらい。これでジャムが何ビンできるかな。

夜ご飯を適当に食べて、馬車の中で寝る。ここにはまだ宿屋すらない。


朝になった。さてご飯を食べたら隊商が出発する予定だ。

俺たちはもう少し滞在するか、逆方向なので単独で帰ることになりそうだ。

俺は渾身《こんしん》の力作、トマトスープを作った。トマトにお肉、他の野菜も。

それからエルダタケを少しだけ入れる。具だくさんスープだ。

「おい坊主」

「エド君、エド君」

朝からいい匂いをさせていたので隊商の別の馬車の人が集まってくる。

「はいはい、みなさんこれ食べたらお別れなので、特別にトマトスープをご馳走《ちそう》しますね」

「「「うおおおぉおおおお」」」

男たちの野太い声がこだまする。

隊商の中には女性も何人かいるけど、その声はかき消されていた。

「うま、うま」

「美味しい、信じられないほどうまい」

「旨味なんだよ、これが重要なんだよ、なぁ」

「うっま、なんだこれ。トマト？　トマトが重要なのか？」

みんなバクバク食べる食べる。そのうち住民まで集まってきてしまった。

あと門の兵士さんたちも遠巻きに様子を見ている。ちょっと恥ずかしい。

なけなしの今あるトマトを使って、追加でもうひと鍋作ることになって、急いで煮る。

時短で煮てもまあなんとか。そうして配給のようになってきて、トマトスープを配る。

「すっげーうまい。これがトマトスープなんだな」

「こんなの食ったことねえよ」

「すまん。門の兵にまで」

「ごちそうさまです」

「辺境勤務にされたときはアレだと思ったが、今はよかったと思ってる。これはうまい」

もうトマトはないことを説明しつつトマトスープは完売となった。あ、お金は取っていない。

ぎりぎりの生活をしてる住民の足元を見るような、そこまで俺は落ちぶれちゃいないやい。

エルダニアではこの後「伝説のトマトスープ」と呼ばれるようになったとか、ならなかったとか。

まあ俺たちのあずかり知らぬことだ。

そうそう、煮炊きの薪なのだが、街の廃材を使っているらしく、家だったものを薪にくべているそうだ。

無限とは言わないが、大量にあるため重宝しているらしい。

なんだかそれはそれで少し悲しい気持ちになった。


みんなに別れを告げて、俺たちも帰路に就く。エルダニアに駐留している騎士団のうち、一人が報告に戻るということでご一緒することになった。ご一緒というか一緒に乗せていけということだ。

帰りはこれといってイベントもなく、途中でスープを欲しがるおじさんも出てきたりしない。

あぁ訂正。スープを欲しがる騎士様は一人いたわ。

「スープおかわり」

「はいよ」

俺たちはアイテムボックスをマジックバッグに偽装して装備している。

それで食材はそこそこ持っているが、あまり容量が大きいと怪しまれるので、その辺は全力で誤《ご》魔《ま》化《か》している。

容量が大きいマジックバッグは金貨数枚ではとても買えない高級品なので、さもありなん。

「トマトスープではないが、塩と野菜の出汁が出てる。あと少量だがキノコがうまいな」

帰りのキノコは節約だ。四分の一株だけ入れても旨味はぐんと増す。

騎士様はかわいい少女たちに囲まれてチヤホヤされてまんざらでもなさそうだ。まだ小さいが女性は女性だった。みんな俺にべた惚《ぼ》れだと勝手に思っているが、騎士様への態度も悪くない。

そのおかげで終始和やかに会話をしていた。普通の倍はある巨大な土竜の竜車の話。走鳥でもなく竜の一種、珍しい走竜の竜車に乗る商人の話。体重が二百キログラムくらいありそうな、超でかい商人の話。

逆にパーティー全員が俺たちくらい小さい小人族の話。山脈にいるワイバーンが接近してきて九死に一生を得た話。全員が巨体のジャイアント冒険者パーティーの話。警備の仕事ではいろいろな人がいると教えてくれた。

話もうまい。そしてヒューマンでは珍しく金髪で、ハンサムのイケメンである。

「すごーい」

「かっこいー」

「えへへ、ぐへへ」

男でも惚れてしまいそうなお兄さんだが、女の子に褒められ慣れていないらしく、うちの女の子に右のような台詞《せりふ》を言われると顔がだらしなくなる。

チョロインの男版なのだろうか。変な女性に引っかからないかちょっと心配だ。

それからこれが重要なんだけど、休憩時間に剣の指導をしてくれた。

俺はドリドンのおっちゃんに少しだけ剣を習っただけで、ここまで自己流だった。

彼、ビーエストさんはエクスプローラー流剣術という技を持っていて、その型を教えてくれた。

あとかっこいい演武も見せてくれた。しっかり目に焼き付けておく。

ここでチート主人公なら一度見ただけで再現可能！　とか言うところだが、俺には無理そうだ。

何回か見てなんとかイメージだけはできるようになった。

「ていやぁ」

「おりやぁ」

「うりゃ」

剣を振るう。俺が素振りをしている間に、横で女の子たちが杖術《じょうじゅつ》の練習をしていた。

ビーエストさんは護身用の杖術の入門編くらいなら知っているとのことで、ミーニャとラニアが参加したのだ。

あぁシエルちゃんは忘れていた。獣人なので格闘家なのかと思ってたのだけど、どうやらエンチャンター付与術師の系統のようでいくつか補助魔法も使えるらしい。

もちろん痴漢の撃退用に拳くらいは使えるので、それの練習をしていた。

そうそうシエルちゃんにも名字がある。どうやら実家は村長さんの家みたいで名誉準男爵を叙爵している。名誉貴族は一代貴族といって継承されない。

これは村長などの役人に与えられる最下位の貴族位で、一応だけど貴族扱いされるので、偉いといえば偉い家らしい。

ビーエストさんはもちろん騎士爵だけど、騎士の位は正確には貴族ではなくて、ナイトという独立したものなので、同時に男爵だったりする人もいる。

ビーエストさんの実家は男爵家らしい。本人は男爵家の長男なので准男爵相当になる。

楽しい三日間を過ごして、馬車を返却してラニエルダの家に戻ってきた。

なぜかまだビーエストさんがいる。エッグバードにびっくりして家の中を見ていた。

「それで、すまないが、領主館に来てほしい」

「え、俺たちが？」

「そうです。領主様から感謝状をお渡ししたいと」

「それってもう連絡したんですか？」

「さっき門番を通じて」

そういえば馬車を置いてくる間に少しいなかったわ。

「内容は？」

「トマトスープを領民および兵に振る舞った件です」

「あぁぁ」

それなら思い当たる件がある。ってそのままやんけ。ニヤッとイケメンスマイルを決めるビーエストさん。しばらくすると外から声が聞こえた。

「ビーエスト、いるかビーエスト」

「は、ここです」

俺たちが出ていく。ちょうど時間は夕刻、ご飯前だった。

「迎えの馬車だ」

「わかりました。ではみなさん、行きましょう」

俺たちはなかば強制的に馬車に収容されて、街へ入っていく。

馬車は大型で装飾の多い、いわゆる貴族馬車といわれるスタイルのものだった。幌ではなくてしっかりした硬質の屋根がついている。窓に透明な玻璃《はり》、つまりガラスが使われている。ガラスは一部のドワーフが量産化していて輸入され、貴族家などでは使われているらしい。

「領主様は比較的温和な方なので、大丈夫です。失礼な発言さえしなければ楽しく過ごせます」

「その失言が怖いですが」

「まあ常識の範囲内だと思いますし、みんなこの歳《とし》にしては賢い子なので大丈夫でしょう」

「まぁ、そうですね」

ビーエストさんの評価によれば俺たちは賢いらしい。確かに同年代でも洟垂《はなた》れ小僧もいる。

小僧、坊主と子供のことを言うが、日本語的には仏教用語だろう。この世界でもラファリエ教の司祭などは坊主にしている人がいるので、仏教がなくても概念的にはほとんど同じだったりする。

ただしよっぽどの敬虔《けいけん》な信者でなければ坊主にはしない。

モテモテになりたいイケメン神官はもちろんフサフサらしい。それ以外だと、年齢を重ねると不純異性交遊をしない証明として坊主にする年配の教徒はそこそこいる。

閑話　トライエ領主一家の晩餐　二

ここはメルリア王国ゼッケンバウアー伯爵領、領都トライエ市。

今日もトライエ領主ゼッケンバウアー伯爵の晩餐《ばんさん》の時間になった。

まずサラダとパンが出された。パンにはこの間のノイチゴのジャムが添えられている。

「なんとか心当たりを回って確保したノイチゴのジャムです。数が非常に少なく、探すのに苦労しました。冒険者ギルド職員が隠し持っていたのを徴収してきました。もちろん善意の協力で報奨金として金貨を提示したそうですよ」

執事が呆《あき》れたような声で状況を説明する。

探すほうも探すほうだが、命令した領主もちょっとせこい。

「次の入荷はいつなのだ？」

「店主の話ではもうすぐ三回目がある予定だそうですよ」

「だが、それまで待っていられない」

「さようですか」

とにかくこうしてギルド職員の売店のお姉さんはジャムを泣く泣く手放して、金貨五枚を手に入れたらしい。

領主は、次こそはもっと買ってやろうと心に決めて、今日も仕事をしている。

領主一家はジャムをパンに塗りつける。赤いジャムがパンにのっていて、見た目にもとてもおいしそうだった。この世界ではこれはかなりの高級品なのだろう。もしくは値段とかよりも希少性のほうが問題かもしれない。

パクッと一口。

「おいしぃ」

「美味《おい》しいわ」

また一口。

「ジャム、美味しい。でもこれで最後かもしれないんですね」

「そうね。次の入荷もあるって言ってはいたわ。希望を持ちましょう」

「うふふ」

「おいちい、です」

姉妹はうれしそうにパンとジャムを堪能した。

「まだパンはあるのに、ジャムがないの」

「そう思いまして、実はノイチゴジャムのほかにブドウジャムとリンゴジャムが販売されていたという情報を聞きまして、方々、探しました」

「おぉ、それで？」

「ブドウジャムがひとビンのみ、ありました、ありましたよ」

「やったわ」

「偉い、よく探した」

こうしてブドウジャムを順番に塗っていく。

ただしひとビンだけであり、みんな薄くしっかりと塗りこんでいく。

「いただきます、んっ、これも美味しい」

「美味しいわ、ブドウってこんなに甘くなるのね」

紫色のそのジャムは、赤いジャムほど美味しそうには見えないかもしれない。しかしその完熟ブドウを使用した稀少《きしょう》なものは、とても風味がよく、美味しい出来だった。エドたちも唸《うな》ったほどだったので、その味は保証済みだ。こうしてブドウジャムにも領主一家はなんとかありつけた。

そしてスープになる。

「本日のスープでございます。冒険者ギルドに持ち込まれた珍しいキノコを使用しております」

「ほう、キノコかね。名前は？」

「ムラサキメルリアタケという名前でございます。色は紫なのですがとても美味なのだそうで、エルフのクマイラス・ホップヘルム男爵の鑑定書付きとなっています」

「ああ、クマイラスか。知っている名だな。鑑定スキル持ちだ。この領では数少ない上級鑑定人だな」

「そうです」

「それならさぞ美味しいのだろうな」

スープが配膳された。

「お父様、はやく食べたいです」

「私もです。このスープ、いい匂いがして」

マリエール、エレノアが鼻をすんすんする。もちろん下品に匂いを嗅いだりしない。

紅茶の匂いを嗅ぐようにそっと、そっと美味しそうな匂いに鼻を近づける。

色は飴色をしていて野菜と塩、それからコショウが使われているのがわかる。

スプーンでそっと掬《すく》って飲み込んだ。

「美味しいです」

「こんな旨味《うまみ》、初めてですわ」

「あらあなた、これ本当に美味しい」

「そうか、そうか。我が領は料理も上手とな」

みんなスプーンで必死に掬う。

キノコの旨味が野菜の旨味と増幅しあい、絶妙なハーモニーの濃い旨味を引き出していた。

「キノコって変なものだと思っていたけど、こんなに美味しいキノコもあるのね」

「お姉ちゃん、私もキノコ採りとかしてみたいですわ」

「まあ本気？　お転《てん》婆《ば》なのねエレノアは」

ムラサキメルリアタケのスープはあっという間にみんな完食してしまった。

「次もキノコなのですが、キノコの旨《うま》煮《に》でございます」

「ほう」

次に出てきたのはキノコとネギとイノシシ肉の煮込みであった。

「こちらはウスベニタケという種類です。同様にクマイラス・ホップヘルム男爵の鑑定書付きとなっています」

「なるほど」

色はウスベニというだけあって、赤と白の中間くらい、ピンクより濃いめの赤色だけれど白っぽい。美味しそうではあるが、毒キノコですと言われれば、信じてしまいそうでもある。それは紫のキノコも同じだった。

形を残してあるキノコとネギとイノシシ肉に半透明のスープがかかっていた。

ナイフでキノコを一口サイズに切り分けて、口へ運ぶ。

「おいしぃ」

「美味しいです、お姉ちゃん」

思わずエレノアはナイフを持ったまま、手を頬《ほ》っぺたに持っていく。

「まあエレノアったら」

「あら、失礼」

再びナイフとフォークで一口。

「うぅぅん、美味しいっ」

「美味しいわ」

「うむ。すごい旨味だ。これはさっきのキノコとは違う旨味だが、それがいい。なんだ、この世にはまだこんなに美味しいものがあったのだな。長生きはするものだ」

「まぁあなたったら、うふふ」

キノコは抜群に美味しい。そして一緒に煮込まれている、この前も食べたイノシシ肉がホロホロと崩れるほど柔らかくて絶品だった。キノコの料理はこうして領主様のお腹に入ることになった。

そのジャムもキノコもこの前のイノシシ肉もすべてエドたちによるものという情報は残念ながら領主たちの耳まで届いていなかった。まさかすべてエドのせい、いやおかげだなんて思わないのが普通なのだろう。

領主一家はドリドン雑貨店に美味しいジャムが入れば、今度は買いたいと思っているだけであった。あとはほとんど冒険者ギルド頼みだ。

珍しく美味しいものが入手できたときは領主にも話が当然回ってくる。

領主が興味を示さなければ市井に回るだけのことだ。

または誰かが指名依頼などで先に確保していなければ、一般の貴族などに回ってくることもあるだろう。

領主にいつも優先権があるというわけではないが、金貨をポンポン出せる家というのは限られているのも一応は事実だった。

領主一家の美味しい晩餐はまたいずれ開催されることもあるだろう。

四章　引っ越し

南側の川沿いの貴族街を通ってその一番奥、領主館へと到着した。俺たちは緊張しているが、現実味がないのもまた事実だった。領主館の正面ロータリーの車寄せで馬車が止まる。

馬車のドアが外から開けられ、ドアマンが頭を下げる。

「では行きましょうか」

さわやかなイケメンに先導され馬車を降りる。エルダニアとの往復に乗っていたオンボロの幌《ほろ》馬車と違い、貴族馬車はサイドドアだ。一気に緊張してくる。順番にタラップを降りて地面に立つ。ちょっと足を踏み外しそうになるが、頑張った。中世風馬車は現代の車よりだいたい車高が高いのだ。

正面玄関のホールを通る。ここには魔道具のシャンデリアが煌々《こうこう》と光を放っている。

まだ夕方で太陽は沈み切っていないが、すでに点灯していた。

奥に通されて、第二謁見《えっけん》室という少し格下の者との謁見で使われる部屋に通された。

「ようこそ諸君。なんでもエルダニアにてトマトスープを振る舞ったそうだな。それも絶品の」

「はっ」

絶品の、などと言われて自分たちで「はっ」とか同意するのもどうかとは思う。

隣のギードさんは元貴族だけあって余裕の表情だ。少し悔しい。

「兵にも住人たちにも無償で提供し士気を上げたそうだな。彼らの娯楽は少ない。それはそれは感謝されたと聞く」

「えぇえ」

「よって、金貨二十枚を我が領主、トーマス・ゼッケンバウアーの名のもと、報奨金として出そう」

「あっ、ありがとうございます」

「ところで、代表してそこの子供が答えているが、これは？」

「はい。トマトスープを作ったのは彼なので」

「ほぅ」

ギードさんがさらりと矛先を俺に向けてくる。ヤメテ。

「金貨は約束しよう。ところでそのトマトスープを我が家族にも食べさせてはくれないだろうか」

「それは……」

「だめなのか。そんなっ、いつもいつも似たような鳥料理で飽きてしまったのだ」

「はい」

「トマトスープも飲んだことはあるが、感動するほどではないと思っていた」

熱烈に料理へのこだわりを語る領主様。

「ということで、作ってほしい」

「――わかりました」

「ビーエスト君は任務の途中だったにもかかわらず戻ってきた件、この報告により不問とする、そのように」

「はっ」

ビーエストさんが頭を下げて騎士の礼をした。


厨房《ちゅうぼう》を借りる。さすが領主館、魔道コンロが何口もある立派な複合コンロがある。

それを使ってトマトと各種野菜を入れていく。材料はこの前と同じだ。

しかし違いはある。トマトは使い切ってしまったので、厨房の市販品の在庫を使わせてもらった。

味はあまり変わらないが、旨味《うまみ》が若干少ないように思う。

トマトは水分の少ない塩気がある土地で作るといいというが、もしかしたらこの世界ではたっぷりの肥料と水分で贅沢《ぜいたく》にトマトを作っていて、旨味の凝縮が弱いのではないだろうか。

一方で自然に生えているものは、そういうコントロールをしていない分、環境に耐えて美味《おい》しいトマトになっているものと思われる。

これは再現が難しいかもしれない。しかし始めてしまったものはしょうがない。

そしてキノコ、エルダタケをやはり少量入れる。トマトとエルダタケの相乗効果で旨味は何倍にもなる。これがよくわからないが、化学反応というやつで、人間にはそう感じられるから不思議だ。

厨房から使用人とともにトマトスープを持って領主の食堂へ行くと、そこにはかわいらしい姫様がお二人いた。

「マリエールです。十歳です」

「エレノアです。六歳になります」

マリエール様は茶色いストレートヘアでお姉さんだ。

エレノア様はピンク髪でツインテールにしており、これはこれでとてもチャーミングだった。

二人とも揃《そろ》って俺に向かってカーテシーを披露する。かわいい。

ドレスはマリエール様は水色のワンピース。エレノア様は白いワンピースだ。黄色い小さなリボンがアクセントになっている。フリフリの装飾がついており、よけいかわいい。奥様も横に控えていた。

「キャシーです。伯爵夫人です。夫が無理を言ったそうですね。すみません」

「いえ」

「しかし子供たちも楽しみにしていて、私も断れなかったのです。許してちょうだい」

「大丈夫です。はい」

俺は恐縮して縮こまる。味のチェックはした。まったく同じにはならなかったが十分美味しかった。ついでにコショウを少し入れて、より俺好みにしてみた。たぶんこちらのほうが味が締まって美味しくなると思う。

「どうぞ」

「では、失礼して。ラファリエール様へ、日々の感謝を捧《ささ》げます」

「「「毎日、見守ってくださり、ありがとうございます。メルエシール・ラ・ブラエル」」」

正式な挨拶をして食べ始める領主さん一家。

「美味しいですわ」

「なにこれ、すごく、美味しい」

「トマトスープも化けたものだわ」

「うむ、これはうまい。上々だな」

みんな感想を言ってくれる。その後は、もくもくとスプーンを動かしている。動作パターンはうちの子と似ている。そんなに美味しいのだろうか。確かに美味しいには美味しかった。

ハンバーグとか出したら延々と食べてそう。

「これをあなたが作ったのね！　えっと確かエド！　エド君」

「まあ、そうです」

「決めた。エド君は私のお婿さん。毎日美味しい料理を作ってちょうだい」

「こら、エレノア！」

「なんでですの、お母様。美味しい料理は重要ですよ」

「そうですけど、お婿さんだなんて。相手の気持ちを考えなさい」

「でも」

「ほら、あちらを」

「えっ……」

そうなのだ。意識されていなかったけど、部屋の隅に使用人と一緒にみんな並んで見ていたのだ。

「ご家族のみなさんがいるのよ」

「女の子ばっかり！　みんなお嫁さんなの？　エドくーん」

「ま、まあ、みんな僕のうちの女の子です。はい」

「きゃっきゃ」

エレノア様を静かにさせるのに、このあと少し時間がかかった。

あとミーニャたちも領主の娘に取られそうで気が気ではなかっただろう。ごめん。


謁見を終えて、再び馬車に乗せられて家に戻ってきた。

馬車は道の都合でラニエルダには入れないので、街道のすぐ脇に停車する。

「それじゃあ、ビーエストさん、さようなら」

「はい、さようなら。また会う機会がありましたら、よろしくお願いします」

送り迎えをしてくれたビーエストさんに挨拶をして、スラム街の家に戻る。

領主館で自分たちのトマトスープもちゃっかり頂いて食べてきたので夕飯の心配はない。

この日はこのままおやすみとなった。

翌日。馬車の返却によって保証金の金貨十枚が戻ってきた。そして金貨二十枚をいただいたので、合計で金貨三十枚ほど余裕ができた。

引っ越しをしよう。この前から考えていたことだ。ラニエルダには愛着もあるものの、是が非でも住み続けたいというほど執着心はない。

なんやかんやドリドン雑貨店には引き続きお世話になる予定だけど、家についてはいいだろう。

不動産屋さんという職種はなく、経緯は知らないけれど冒険者ギルドの管轄となっている。商業ギルドではないかと思うんだけど、冒険者ギルドが扱うのがこの世界の標準らしい。

今日もギードさんは一張羅のお忍び衣装を着ている。いや変装というかこっちが正装なのかな。

フードをかぶればとんがり耳も隠せるので、この格好がいいのだろう。

いつもはもっと作業着みたいな茶色い服を着ている。茶色い服はスラム街の標準服とでもいうべき地味なやつで、春秋や冬に着るようなお洒落《しゃれ》な茶系カラーの服のことではない。

ギルドの受付、クエストカウンターに並んで用件を言った。

「スラム街に住んでいたんですけど、トライエ市内に家を借りたいです」

「ミーニャ様たちも城内にお引っ越しなのですね。おめでとうございます」

「あの、予算は金貨二十枚くらいなんですけど。それでなるべく長く住めるところを」

「そうですね、私が特別に案内します」

そう言うなりエルフの受付嬢さんはカウンターから出てくる。

カウンターの席には「離席中です。他をご利用ください」という札が出されている。

この札は以前にも見たことがあり、意味を教えてもらった。

「そういえばお姉さんって名前は？」

「私はミクラシア・アウフヘーベン・トラスティアです。よろしくお願いします」

くっそ。相変わらずエルフの名前は長い。ハーフエルフでもこうなのか。

鑑定しようと思って、そういえば無断で鑑定は失礼だって言っていたことを思い出した。

なぜか視線を一瞬さっと俺に移してウィンクしてくるミクラシアさん。

鑑定が使えることは隠しているけれど、すでにバレているかもしれない。

さらに今、鑑定しようとしたこともバレたかもと焦る。する前でよかった。セーフ。

一緒に資料を見に行って、いくつか見繕ってもらった。そうして内覧をした。

結果は東門から少し北に行った、ちょうどスラム街の背面に位置する家に決まった。

表通りから離れており普段は静かだ。家の裏側すぐのところには狭いながらも畑が広がっていて、市内の農家さんが作業をしている。

狭いトライエ市内であれば全部住宅地かというとそんなことはなく、最低限の農地があるのだ。

これは籠城《ろうじょう》したりするときを考えてのことだが、もちろん市民全員を食べさせるには足りない。

ないよりはマシという程度のものだ。

「ここが新しいおうち！」

「わわ、私も一緒に住んでいいんですみゃう？」

「いいんだよ、シエル」

「やったぁ、みゃう」

さて家の構造だけど、キッチンとダイニングが並んでいて、別にリビングがある。夫婦の寝室と子供部屋だ。それから近場の井戸と専用スライムトイレ完備。

俺もついに一人部屋かと思っていたが、ミーニャがくっついて離れないので、一緒の部屋になった。もっと広い家もあったのだけど家賃は高いし、子供部屋が個室だとイヤだ、と主張したのだ。

ということで子供部屋は一部屋にして、手頃な賃料の家に決まったのだった。

幸いなことに大型家具は前の住人が残していっており、テーブルと椅子は人数分があった。

ベッドはないので、当分は床に毛布を敷いて寝るとしよう。

スラム街の家は「メルン診療所」として独立することが決まった。手放すのもアレだし、母親トマリアが戻ってくるなら、そのままのほうがよい。

あとエッグバードちゃんは診療所住まいとなることが決まった。一緒に住むより、ここのほうが落ち着きそうだったので。

家賃はひと月金貨一枚。二十枚で二十か月は住める。

この世界には敷金や礼金という制度はなくて代わりに家賃がちょっと高い。あと基本的に冒険者ギルドでの信用度で借りられる家が異なる。冒険者ギルドで直接世話になっていない人は、身辺調査や商業ギルドなどへの問い合わせで決まるそうだ。

新しい家が決まり、スラム街の家を離れる時が来た。

「はい、荷物」

「ありがとう～エドぉ」

アイテムボックスは家族には知られている。さっさと荷物を収納して引っ越す。

大型家具などはスラム街の家にはないので、楽ではあった。

「じゃあな、スラム街の家……」

家に声をかける。別にそういう宗教ではないが、メルン診療所で使うもの以外はみんな持っていってしまったので、布団もお客さん用のみ、たくさんあった籠《かご》などの収納品もない。

ずいぶんガランとしてさみしい感じがした。相変わらず何を考えているのかわからないエッグバードだけは部屋が広くなったと楽しそうに家の中を歩きまわっている。

「コケ、ココココ」

「お前は元気でいいな。また卵を産んでくれ」

「ココ」

そうして古い家と一応、お別れをした。

ラニアは、引っ越しをすると言ったらだいぶグズッたけど、最終的には同意してくれた。

「ラニア、今までと同じように一緒に遊びに行くから」

「エド君、私を置いて、他の女と一緒に行ってしまうのですね」

「そんな言い方しないでくれぇ」

「あはは、冗談ですよ。また遊んでくださいな。うちもそろそろ引っ越しするんです」

「え、そうなのか！　よかったじゃん」

「はいっ」

ラニアも引っ越しか。うちよりボロい家だったもんな。

明らかに稼いでいる割には家はそんなんでアンバランスだったから、不思議だったんだ。


春の終わりの月曜日。

「エドぉ、すきぃ」

「あぁ、ミーニャおはよう」

「おはよう、エド」

ちゅっちゅとミーニャがほっぺにキスをしてくる。まだキスがなんたるかを理解していないのか。

それとも理解しているからこその女の子の愛情表現なのか。

それを見ているシエルは顔を赤くしているが、まだ眠たくてそれどころではない。

シエルは朝が弱く、ぐずぐず俺に抱き着いて寝ようとするので、ちょっと困る。

ミーニャの両親とは部屋が別になったので、俺とミーニャと新入りのシエルで川の字で寝ている。まだ床に転がって毛布だけ使っている。ベッドは欲しいような、別になくてもいいような。宿に泊まったときにはベッドもいいかな、とは思ったけど快適度で言えばミーニャとシエルの抱き心地のほうがいい。

部屋は前と同じで土足禁止だ。キッチンとダイニングは土足で、部屋の前で脱ぐことにしている。

「エド君、今日は狼煙《のろし》の日だよ」

「わかった」

ギードさんが教えてくれる。――『狼煙の日』。なんということはない。

国中の公的機関の狼煙台が一斉に火をつけて、その訓練をする日だ。

イザというときにやり方がわからなかったり、狼煙が見えなかったりではお話にならない。

そのためこの国では年に二回、春の終わりと秋の終わりの月曜日に狼煙を上げる。

俺たちには特に意味はないが祝祭日というやつだ。

暦の上では、それぞれの狼煙の日の翌日からを夏、冬と呼んでいる。実際にはまだ寒い日がたまにあったりするんだけど、そういうことになっている。いわゆる「暦の上では夏」とかいうやつだ。

朝ご飯を食べて、スプーン作りをして早めにイルク豆でお昼を済ませてしまう。

そして正午になる前に、スラム街までみんなで行く。

前の家、今は「メルン診療所」へ向かった。

この辺りからは森の上に「見張り山」が見えるのだ。

スラム街の家はどの家も平屋建てという不文律があり、しかもだいたい屋根が低い。

メルン診療所はスラム街の中では立派な土の壁と木の屋根だ。ただし隙間《すきま》は空いていて、相応にボロい。

それ未満のテントみたいな家が多いので、当然屋根はあってないようなものだ。

ゴーン、ゴーン、ゴーン、ゴーン、ゴーン。

お忘れだと思うが、正午十二時は「六の刻」といい「六の鐘」が鳴る。

時間を支配している立派な教会様は魔道機械式という魔道具と機械のハイブリッドの大型時計を設置していて、時刻はかなり正確であるという。

「おおぉ、煙、出てきた」

「すごいすごい。これが狼煙なんだねぇ」

ミーニャも半年前に見たことがあるはずだが、初見のようによろこんでいる。

子供はなんでも覚えているとは限らないので、まあそんなもんだ。

「狼煙ですね」

「わわ、狼煙みゃう」

三者三様の反応をして、みんなで同じように右手を目の上にやって、遠くを眺めるポーズでそれを見つめる。

「反対側見てみ」

西側を見るとトライエ市の城門つまり東門があり、その城門の上からも狼煙が出ている。

それから少し南側の領主館の辺りからも狼煙が上がっているのが見える。

領主館そのものは城壁で完全に見えない。さらに北門、西門からも煙が出ていた。

「あっち、あっち、遠くみゃう！」

シエルが指を差すのはエルダニアの方向だ。

確かに遠くに霞《かす》んでいるが、狼煙の白い煙が見える。

狼煙は薪《まき》などに水分の多いものを投入して、たくさん煙を出すので、ほとんどが水蒸気だ。だからだいたいは白い。たまに違う意味を持たせるために、黒い煙と白い煙を使い分けることもあるらしいが、詳しくは知らない。

周りをぐるっと見渡してみると、途中のバレル町がある東方向からも煙が上がっている。それからその少し手前、エクシス橋からの煙も見える。

「ヘルホルン山のほうも！　二つある！」

「おう」

北のほうへ目を移すとヘルホルン山の左右からの狼煙も確認できる。

西側の登山道の麓《ふもと》にあるヘルホルン西砦《とりで》、エルフ騎士団が通ったはずのヘルホルン東砦の二つだ。

砦といっても規模は小さく、一応エルフ国との国境の関所なのだけど、まあ石造りの立派な山小屋並みと言ってもいい。標高が高いので、冬季には少し雪も降る。

このトライエ市は雪はほとんど降らないけど、北のほうは山の影響なのか積雪があるのだ。

エルダニアへもその雪が風に乗って飛んでくるらしく、年に何回かは降雪があるそうだ。

だからエルダニアからの避難民は雪を避けて南側のトライエ市に多く滞在している。

生粋の『エルダニアン』は冬になるとみな同じ冗談を言う。

ドリドンさんとかね。

『今日は寒いな。エルダニアの雪が恋しいぜ』

腕をさすりながら鼻で笑い飛ばす。寒いくせに、よく言うよ。

ドリドンさんも元エルダニア民で、大型商店を営んでいた。

持てるだけの財産を持って逃げてきたが、財産のほとんどが物資だったので、そのほとんどを失った。残ったのは人脈くらいだったそうだ。

あの人は利益が出るようになってもトライエ市内に移転するのをしぶってスラム街でドリドン雑貨店を続けている。

一つはスラム民のため、もう一つはエルダニアンだからだ。

彼の目標はエルダニアの再興であって、トライエ市民になりたいわけではないのだそうだ。

まあドリドン雑貨店が閉店になったらスラム民が困るのは目に見えているので、大変ありがたい。

俺はひと足先にトライエ市民になってしまったが、恨まないでくれ。

そうそう、市民になるとはいうが、家賃には市民税が含まれているので、個別に税金を負担する必要はない。

正確に言えば「人頭税」という税で、人間にかかっている。

これは借家の入居可能人数より多くの人が住んでも問題ないことになっている。どんぶり勘定らしい。いちいち事務処理なんてやってられないので、その経費を考えたら家賃から天引きしたほうが安く済むという合理的な考え方によるものらしい。情報処理システムとかあるわけないので、それでいいのだ。

この政策はトライエ市で子供を産んでもその分の人頭税を負担する必要がないという意味でもあるため、近年出生率が上がっていて、子供が多いらしい。

景気が上向きであるのと合わせて、市内の活気はこうして作られている。

なお他の都市がどのような税徴収システムであるかは知らない。

とにかく、こうして狼煙の日を無事に過ごすことができた。

五章　青空小学校と喫茶店エルフィール

さてギードさんはスプーン作りを主にやっていたが、そろそろ俺も困っているので、協力してもらうことになった。

それは端的に言って、文字が読み書きできないと不便だという問題だ。

冒険者ギルドのクエストボードでさえ、いくつかの単語と数字くらいしか読めない。

英語みたいな表音文字なので、勘で読むこともできなくはないのだけど、全部のアルファベットと読み方の組み合わせをまだ覚えていない。

「ということで、ギードさんにはスラム街で青空教室をお願いします」

「あ、ああ」

「給料はラニエルダの自治会から出るから。ドリドン雑貨店とミランダ雑貨店の後援なんだ」

「ほう、もうそこまで話を取り付けたか」

「おうよ」

ということでギード先生にお願いして、この世界の大陸共通語を習う。

ほとんどはアルファベットもどきなので、俺はそれをアルファベットと呼んでいる。

数字は十進数で記号が十種類。これは奇跡的に、まんま算用数字と酷似している。

ちょっと覚えてしまえば転生者なら余裕だろう。


場所は北地区と東地区の中間地点の空き地に、掘っ立て小屋が建ったのでその横になった。

以前の『エドのうんち一週間戦争』の舞台のすぐ脇だ。

参加者は両地区のガキンチョたち、以下生徒と呼ぶ。

下は五歳くらいから上は十歳くらいまで。俺にとっては当たり前のことだけど男女共学だ。

一部で「女子には贅沢《ぜいたく》だ」という差別主義過激派がいたが、ドリドンさんが一喝して黙らせた。

ドリドンさんは当たり前だけど、お店に買い物に来る子は女子が多いって知っている。

買い物で文字の読み書きは必須ではないが、大きなアドバンテージになると説明して納得させた。

残念ながら文字や数字が読めなくてお店にぼったくられる人は多い。

ドリドンさんが誠実じゃなかったら、スラム街の住人なんて商人の格好の標的だ。

十歳以上の子はなんとなく字を読める。

正確なスペルで綴《つづ》るのは難しいけど書けなくもない。

ということがアンケートでわかったので小学生くらいが対象だ。

「ギード先生、お願いします」

子供たちが茶色い服を着て集まってくる。中にはお洒落《しゃれ》をして色付きの服の子もいる。

俺はもちろん茶色。

ミーニャは緑のワンピース、ラニアは青と白のワンピース、シエルはピンクのワンピース。

みんな一張羅だ。予備の服も欲しい、とずっと思っているがなかなか実現しない。

お金が自腹だとなると言い出しにくいし。

服をたくさん買って毎日洗濯して着替えるとか、どこの貴族だよ、という世界で、そういう価値観の押し付けはよくないという理由もある。

ギード先生は文字を全種類並べて簡単なＡＢＣの歌みたいなものを披露する。

お歌とかバカにしてはいけない。こういう基礎からやるのが重要なのだ。

青空教室と呼んでいるが、正式には「ラニエルダ青空小学校」とドリドンさんに命名された。

ドリドン雑貨店とミランダ雑貨店の出資比率はドリドンさんが六割だ。

スラム街に住んでいない子も通っていいことになっている。

一応月謝がある。月に一人銀貨一枚。あってないようなものだが費用がかかるので徴収することになった。これは滞納しても罰則はない。

授業時間は週五日の午前中のみで、ドリドンさんの提供、計らいにより給食が出る。といってもイルク豆の塩ゆで、俺が以前食べていたアレだけど。月謝があっても、給食を食べるだけでもおつりがくるから通わせるだろう。まともな損得勘定ができるなら。

こうして学校事業は軌道に乗り、本日ＡＢＣの歌を歌っているわけだ。

集まってみると中には知らない子もいる。学年が上のほうの子は結構知らない。俺たちが一番小さい。

それからミーニャ、ラニア、シエルへの視線がすごい。

普段あまり一緒に遊べない子も椅子を並べて勉強しているから、うれしそうにしている。

シエルちゃんは特に獣人のお子さんに人気だ。ミーニャのファンはヒューマンに多い。

というかスラム街に他にエルフなんていない。エルフは普通の階級とは別に、種族自体が上級市民以上の扱いらしい。そんな身分で、好きこのんでスラム街に住むエルフなんていないのだそうだ。

それからドリドンさんは最近誰のおかげか知らないけど、結構儲《もう》ける機会があったらしい。

本当に、誰のおかげなんだろうな、ちらちら。

「これがドリドン中央トイレです。ぱちぱちぱちぱち」

「「おぉおおお」」

ラニエルダ青空小学校の横にいつの間にか、ドリドン中央トイレが完成していた。スラム街のトイレは東門前、北門前に公共トイレがあるだけだった。

公共トイレの運営はトライエの貴族の人がしていて、スライムの繁殖による収入がある。これが結構儲かるらしい。

スライムが増えてその魔石を考えただけでも……そうか、結構金になるな。スライムのゼリー部分の本体も錬金素材なので、トイレはスライム養殖場というのが正しい。

「もうかりまっか？」

「ぼちぼちでんな。あははは」

「暗黒微笑《あんこくびしょう》」

「失礼な。営業スマイルですよ」

ドリドンさんと落成式をしてちょっと会話をした。

「それでぶっちゃけ儲かるの？」

「あぁそれがな。清掃とかをボランティアがやってくれるなら、めっちゃ儲かるらしい」

「あぁ清掃ね」

「ああ」

メンテナンス費用をケチれば儲かると。

頻繁に綺麗《きれい》にしたりリフォームしたり、何かとお金がかかるらしい。

ちなみにトイレットペーパーはなくて、空き地に生えている大きな葉っぱを使っている。

これにはルールがあって、使った枚数以上の葉っぱを取ってきて補充するのが義務となっている。

ただし通常は罰則とかないので、たまに補充しない不届き者がいる。

だいたいの人は先に葉っぱを取ってきて自分で使って残りを在庫にしてくれる。

そういった葉っぱの管理もある。

こうして北東の空き地に新しい公共トイレとラニエルダ青空小学校が開かれた。


少し前、ノイチゴの三回目の収穫をシーズンぎりぎりに終わらせた。

引っ越し先の家には、備え付けで移動できない魔道コンロがある。

それと普段使っている魔道コンロの二口でジャムを作ったので、いつもの作業の半分の時間で済んだ。

ノイチゴとサクランボのジャムは納品してすぐに売れてしまい、料金を回収するところである。

「はいエド、ジャムの売上金。まいどあり」

「ありがとうございます」

金貨が俺たちに支払われた。

これまでは分けると端数が出たけど、シエルが加わって四分の一になったので割り切れるようになり、銀貨などで支払いが可能だ。

精算時は銅貨以下の細かい単位はオマケしたりはする。

これはどこの商店でもだいたい同じだったりする。

両替するには両替商という人がいるんだけど、商売なので当たり前だが手数料がかかるのだ。

手数料を払ってきっちり均等割りにするよりオマケしたほうが安いのだ。バカみたいな話である。

そもそも一円単位で精算しようとする人なんか初めからいないんじゃないか。


そうそうラニアちゃんなんだけど、引っ越しのときにちょっと企《たくら》んでるような顔をしていたのだ。

その微妙な笑顔が気になっていたが、なんと。俺の家の隣に引っ越してきた。

これで名実ともに隣の家の幼馴染《おさななじみ》である。

確かこの間まで獣人一家が住んでいたような気がしたんだけど、気のせいではないはず。

どうもラニアちゃんが「泣き脅し」で近くの家に引っ越してもらい、あの家を勝ち取ったらしい。

「ということで隣に引っ越してきたラニアです。よろしくねエド君。幼馴染だね」

「あ、ああ、そうだなラニア」

「ちゅ」

ラニアがほっぺにキスしてきた。びっくりした。いつもちょっとオマセさんだけど、普段はこんな大胆なことはしない。

マジで俺を狙っているらしい。解せぬ。ということで毎日一緒に学校へ向かう。

ラニアちゃんは文字も数字も本当は読めるらしいのだが、今まで黙っていたらしい。

そして今も黙って学校に通っている。謎い。まずい豆を俺の目の前で食うのが日課なのだ。

「エド君のご飯のほうが美味《おい》しい。指導してよ」

「面倒くさい」

「ぶぅぶぅ」

とまあこんな感じの毎日だった。確かに豆以外も食いたい。

費用をかけずに、ランクアップさせるにはどうしたらいいか、考えないといけない。

一つはこの空き地を野菜畑にしてしまう方法。誰の土地でもない——正確には領主の土地でスラム民に無償貸与が黙認されている。だからトマト畑とかにしても問題ないだろう。今から夏だから頑張ればそのうち収穫できる。

もう一つは栽培じゃなくて俺がやってるように採取で済ませる方法。タンポポ草やサニーレタスくらいならなんとかなる。あとはショウガとかか。キノコは同定が必要だが、それだけ俺がやるっていう手もある。さてどうしたものか。

「なんか策はないかな」

「野菜畑は名案だと思いますよ。種《たね》だけ蒔《ま》いて放っておくってことでしょ？」

「うん」

「それでいいなら、種だけ買ってくればいいわ」

「そうするか。野菜買うよりは安い。日持ちもするし」

日持ちというか種の使用期限とかあるんかな。とりあえずドリドンさんに相談だな。

相談した。種を買ってきた。あと芋類などはその種芋を買う。

種芋という種類の商品はなくて普通に芋だった。サトイモ、ジャガイモ、サツマイモ。

ネギ、タマネギ、ピーマン、トマト、ナス、カボチャ、キュウリ。

今入手できるのはこんな感じだった。レタス系などの葉野菜は自生しているから除外した。

生徒たちにも協力してもらうことにして、お昼ご飯の後、残れる子に種播きをお願いした。

よし、平原を念願のトマト畑にするぞ。

「いえやぁ、ほいさぁ、種蒔くべぇ〜♪　ほぃさの、さっささ」

なんだかよくわからないけど農家の伝統の歌みたいなのを歌っている人もいた。

最初は一人で歌っていて目立ってたんだけど、気がついたらみんな面白がって一緒に歌っている。

「「いえやぁ、ほいさぁ、種蒔くべぇ〜♪　ほぃさの、さっささ」」

君たち何なんだい？

楽しそうにやっているからいいか。

無事種薪きも終わった。

本当は種類ごとに畑を分けたり、畝《うね》を作ったほうがいいのは百も承知している。

でもコストをかけたくなかった。最低限のコストでそこそこ食べられればいい。

全力で何でもするものではないという結論になったので、これでいいんだ、うん。

「みゃう」

農業に詳しいみゃうことシエルちゃんはちょっと不満そうだ。

「もっとしっかり畑作ったほうがいいみゃう」

「これじゃあ収穫も、わかんないみゃう」

「あうあう、こんなのないみゃう」

まあ言いたいことはわかるが、今回は実験も兼ねてるしこれでいいの。ごめんね、意見を汲《く》んであげられなくて。

さてこれで、うまくいけばだけど、夏の終わりには収穫できるだろう。

また時期をずらして他の種類の野菜の種も蒔こう。

そうすれば秋の収穫と冬の収穫もできそうだ。イモ類だけは隅のほうに並べて植えてある。これは種とは少し違うので、専用の場所を作った。

秋になったら枯れ葉を集めて、サツマイモを焼くのがいいな。空の下で秋の焼き芋大会とか、憧れの一つだ。

前世では小さいころは近所でもやっていたような気がするが、いつの間にか誰もそんなことはしなくなった。ダイオキシンとか小型焼却炉問題とかが言われるようになったのも原因の一つだろう。異世界でどれくらい影響があるかは不明だけど、煮炊きでも薪を燃やしてる世界でとやかく言われないだろうとは思う。

それから学校の周りには、ぐるっとサクランボの木を植えた。

春には桜まつりをして、春の終わりにサクランボを採ればいい。

一年で二度おいしい。今から数年後が楽しみだ。

そのころはどこで何しているかな。みんなはどうしているだろうか。

あ、別にこれで話は終わりではない。ちょっと先のこと考えただけだよ。俺たちの生活は続く。

平日の午前中は学校へ行く。それで、午後なんだけど。

「喫茶店をしてみたい」

「エド、喫茶店、にゃあ？」

「喫茶店みゃう？」

少し考えがあって喫茶店をしてみようと思い立った。

俺も茶色い服を卒業して、冒険者ギルドで小綺麗な服を買ってきた。

店で出すのは、以前自分たちで作っていたハーブティーだ。

ハーブティーも犬麦茶も買ってきて自分で淹《い》れるのは、特にスラム街の住民にとっては面倒くさい。

「そこで喫茶店だよ。お茶を出す専門店でさ、最低限のものだけ出してそのかわり料金はうんと安く設定するの」

「なるほどぉ、エドすごい」

ミーニャはよくわかっていないので「エドすごい」と言っているのだろう。

まあ別にいい。メルン診療所は兼喫茶店支店ということにした。

スラム街在住の人はメルンさんのお店でお茶を楽しめる。

そしてお茶だけだとさみしいのでクッキーを出す。

クッキーなら日持ちがするので、余りを翌日に繰り越しても大丈夫だ。

そうそう、この際なので、砂糖とコショウを冒険者ギルドの売店で、手に汗握りながら注文した。

「さささ、砂糖と、コショウ……ください」

「ええ、もちろんあるわ。大袋よね？　全部で金貨二枚だけどいい？」

「はいっ」

俺も緊張する。武器とかのほうが高かったりするが、砂糖とコショウといえば高級品の筆頭だ。

これを買うのは俺の中で夢でもあって、その緊張感は半端なかった。

小袋もあるけれど分かれているぶん単価が高いので、量を使うことがわかっているなら、よけい高くつくのだ。銀貨一枚の小袋と金貨一枚の大袋があるってわけ。銀貨の袋を十個買っても容量は金貨の袋一つ分より少ない。

とにかくこうして砂糖とコショウを買ってきた。

その砂糖を控えめに入れて小麦粉と水で作るシンプルクッキーだ。

魔道コンロにフライパンをのせて焼いている。薄切りのアーモンドも買ってきて入れておいた。

アーモンドなしのも用意してみた。薄焼きにしてパリッとなるようにしてある。

間違って厚焼きにするとボソボソの携帯食料みたいになってしまう。

本当はジャムをつけて食べると抜群にうまい。しかしジャムは高いので別料金が必要になる。

とりあえずサクランボとノイチゴのジャムは数ビンだけ在庫があったので、これを有料オプションとすることにした。

お茶はミントティーと犬麦茶なんだけど、ここからがうちの売りだ。

ホットだけでなく、あらかじめ作っておいて、それを氷魔法で冷やしたアイスティーがあるのだ。

飲み物を低温で冷やす概念もこの世界にあることは宿屋で知った。あのときに飲んだ冷たいレモン水は忘れもしない。ということで俺の独断でレモン水もラインナップに入れておく。

レモンは市内の朝市で調達してきた。ちょっと勝手がよくわからないので相場より高いかもしれない。ここは要改善だろう。

通常、冷やすのは地下倉庫でなんだけど、俺たちは氷魔法を使う。そしてその氷をコップに入れて提供する。

「わわ、冷たい。氷すごい」

ミーニャはいつも好奇心旺盛でかわいい。氷魔法は、メルンさんは普通に使えた。すごい。

ラニアも普通に使えた。というか以前、攻撃魔法で使っていたと思う。すごい。

そして俺も根性で氷魔法を覚えた。適性自体はあったらしい。すごい。自画自賛。あばば。

支店はメルンさんに頼み、そして本店としてうちのリビングを一般客に開放することになった。

俺たちはもともと狭い家に住んでいたのでキッチン、ダイニングだけでも十分で、リビングの活用を持て余していたのだ。それで喫茶店を思いついた。

金貨が飛んでしまったが、木製の椅子とテーブルを四組ほど購入した。

それから冒険者ギルドのエルフのお姉さんの伝手《つて》で、簡易的な木製看板を作ってもらった。

『喫茶店「エルフィール」』

エルフィールってのは「エルフはラファリエール様の眷属《けんぞく》」という意味の言葉で、古代語から受け継がれた単語の一つらしい。

メルンさんとギードさんは「それはちょっと……」って遠慮したんだけど、俺が押し通した。

つけちゃいけないという遠慮ではなく、恥ずかしいかららしいので。

エルフの店とかかっこいいじゃん。本店は平日昼過ぎからの営業だ。

だが本店の裏メニューとして茹《ゆ》で豆のランチは食べられる。

イルク豆、サトイモ、ホレン草で山椒《さんしょう》風味が利いている。

俺たちとギードさんが学校から戻ってきて店を開けると、かわいい女の子の接客が楽しめる。

あぁ、俺を指名することもできる。そんな奇特な方もたまにいるかもしれない。

金髪イケメンエルフをご所望ならギードさんをどうぞ。

夕方には閉店だ。それから俺たちは以前よりちょっとだけ遅い夕食を食べる予定となっている。

土日は休みとする。食材を採りに行ったり、森へ行ったりしたいので。

開店前日は日曜日だったので、森へ行きトマトを採取して俺特製トマトスープを作った。

パンと干し肉の日なので、もちろんお祈りもしたよ。

開店初日。こういうのは月曜日と相場が決まっている。

午後の営業開始時間になったら「クローズド」の札をひっくり返して「オープン」にする。

「喫茶店『エルフィール』、本日より開店いたします」

ぱちぱちぱち。

冒険者ギルドのエルフの受付嬢、ミクラシアさん。

いつもの雑貨店のドリドンさん。奥さんは店番だそうです。

それからたまたま帰ってきたらしい騎士のビーエストさん。

生徒関連はガキ大将ハリス。ハーブの提供元だ。ハリスの彼女らしいメアリー。

スラム街でのお隣さんだったルドルフさんとクエスさん。

あぁ、お懐かしい。犬獣人のパトリシアおばさん。ハーブはこの人から始まった。

現お隣さんのラニアの母親ヘレンさん。ジャム騒動ではお騒がせした。

それから俺の知らない人や近所の人がいる。住宅街の奥だというのに初日は関係者で席はすぐにいっぱいになった。

値段は最低値だ。俺たちの物価感覚はスラム街とドリドン雑貨店が基準なので、城内の物価よりはるかに安いらしい。その感覚で安い値段設定にしたからそりゃあ安いわ。

利益は少ないが十倍売れればいいんだ、十倍な。

ハーブは格安で直接仕入れているので、めちゃくちゃ安い。水は井戸から汲み放題。井戸の使用料とかもかからない。

氷は業者に頼むと目ん玉飛び出るくらい高いらしいが、自分の魔法で出す分にはタダ同然というね。

こうして初日の営業をなんとかこなした。売り上げはまぁまぁだったが、それ以上にいろんな人と交流ができて意外と満足した。

新居の据え付けの魔道コンロは、よく見たら下にオーブンがあることを発見した。

「オーブン、あるじゃん！」

「そうねぇ」

メルンさんもおっとり答える。これは重要だ。パンも焼ける。

よく白パンを作ってちやほやされるという話を見聞きするが、この世界では高級パンといえば白パンだ。

白パンってなんか白いパンツみたいだよね。

じゃあ黒パンって黒いパンツかって、そりゃそうだ。

前にも話題になったが、この世界では女の子は白い紐《ひも》パンだ。男子はトランクス。

それはともかく。

パンもクロワッサンもクッキーも、それからピザも作れるじゃないですか。

ちなみに喫茶店のクッキーはフライパンで焼いている。

ピザ食べたい。ピッツァ、食べたい。あ、チーズがない。そそくさと冒険者ギルドへ。

なぜか野菜以外ほとんどが揃《そろ》う冒険者ギルドで聞いてみる。

「ありますよ、チーズ。ただギルドで扱っているのは業務用なので、ホール売りで一つ金貨一枚です」

ホールってあの巨大なチーズな。現物を見せてもらったら、ああでかいわ。

「金貨一枚か。しょうがない買います」

「買うんですか。すごいですね。ではちょうど、いただきます」

どうでもいい話といえば、渡すお金が値段ちょうどだったときに「ちょうどからお預かりします」という応対に違和感があるって話があったと思う。

預かるという表現はお釣りを返すからそう言うんであって、ちょうどだとおかしい、という主張だ。

俺？　正直どっちでもいいや。気持ちがこもっていて丁寧な返事であれば。

日本とは違い大陸共通語だけどやってることは同じなので、同じ問題にも直面する。

「あ、ごめん。もう一ついい？　お酢が欲しい」

「あ、はい。お酢ですね。ございますよ」

お酢は銀貨だった。食品の中ではちょっと高い。お酒に準ずる扱いを受けているらしい。

お酢、要はビネガーだけど結構使うんだよね。酢の物はもちろんだけど、まずマヨネーズでしょ、それからしっかりしたケチャップ。

以前、自家製ケチャップをトマトソースにしか見えないと表現したと思う。そうなのだ。ケチャップにはお酢も入れないと味がなんか違うんだ。それからこの前買った砂糖も少し入れると味が良くなる。

買い物から帰ってさっそく作った今度のものは、砂糖とコショウも使ってある。

「じゃじゃーん。ということで改良ケチャップです」

「「「おおぉ」」」

「味見！　味見！」

しつこく要求するので、俺が指先で取ったケチャップをミーニャに差し出す。

ぱくっ。俺の人差し指をしゃぶるミーニャ。ちゅぱちゅぱ。ぺろぺろぺろ。

んっ、なんか指しゃぶりしてるの見てると何かに目覚めそう。

「わわ、私も欲しい、みゃ」

シエルまでぴょんぴょん跳ねて主張してくる。

「おかわり！　もうちょっと！」

と言うので、右手と左手の人差し指にケチャップをつけてダブル指しゃぶりにしてみた。

なんだか牧場主になって子牛を飼っているような気分になってきた。

俺の左右の指を少女たちがちゅぱちゅぱしゃぶっている。

やはりなんかイケない気分になってくる。

指をちょっと上から垂らす感じにするとなお、それっぽい。

上を向いて必死にしゃぶっている。っておい。

なぜかもうケチャップを舐《な》め切ったのにまだぺろぺろ、ぺろぺろ、ちゅぱちゅぱしている。

「俺の指、そんなにおいしい？」

「うんっ、なんか癖になりそう」

「なんか、やめられなくてみゃう」

「お、おう」

二人は自分の行動を思い出したのか顔を赤くした。なんだかかわいい。

ラニア？　ラニアちゃんならあっちで先に顔赤くして目を背けてるよ。

手を洗って仕切り直ししよう。ケチャップができたので、今度はピザ生地だ。

小麦粉と水を合わせて団子にして、それを広げていく。

俺はプロではないので空中浮遊みたいなことはしない。

地道に麺棒もどきの拾ってきた枝でのばしていく。

「わ、わ、すごい、大きくなった！」

ピザ生地がどんどん丸く大きくなっていった。

直径三十センチくらいになったので、まずはトマトケチャップを薄く塗る。

それにブタ肉に似たイノシシ肉の薄切り、トマト、ホレン草、タンポポ草、バジルをのせる。野菜は採取品だ。

そして高級チーズをもったいないけど泣く泣く切って、スライスしてのせる。

「ほい、これでピザの準備完了」

「すごい。美味しそう」

「美味しそうですみゃう」

「まだ、このまま食べるんじゃないぞ」

「そうなの？」

「うん」

「オーブンで焼くんだ」

あ、予熱とか忘れていた。魔道オーブンなのであまり必要ないけど数分くらいは予熱しよう。

スイッチを入れて少し待つ。よし、予熱完了。

ピザをオーブンに入れる。鉄製のトレイにのせて中へ。このオーブンの扉はガラス張りではないので、中が見えない。左右に火が並んでいて、奥に排気口がある。

あとは時間の調整だ。どれくらいで焼けるだろうか。数分経過。どうかな。一度取り出してみる。

「もうちょっとかな」

まだ焦げてはいない。チーズは半分溶けたくらい。さらに追加で数分。

「よーしよしよし」

「わわ、いい匂い、美味しそうっ」

うん。チーズが溶け、生地の縁《ふち》も焦げる直前くらいになっていて非常にいい匂いがする。

「よし、できた」

今日はミーニャ、ラニア、シエル、みんないる。

「「「ラファリエール様に感謝して、いただきます」」」

「あちっ、あちち」

「うまうま、おいち」

「美味しい、です」

「うまいみゃう」

熱いピザをはふはふしながら食べた。うん、これだよこれ。

塩気や旨味があるトマト。クリーミーで濃厚でそしてトロトロのチーズ。少し焦げ目がついていて、芳ばしい香り。

アクセントとしてバジルなどの香草のいい匂いがする。

ピザはそのハーモニーが絶妙で何枚でも食べられそうだ。

思った以上にうまくいって、俺もほくほくだ。うまいピザが食べられてうれしい。

店で出したいのだけど、トマトは採取品だ。

出すとなると量が必要だから市販のトマトにならざるを得ないが、そうするとチーズの値段と合わせて高級品になってしまう。

うちの低価格ティーショップとのコンセプト違いが痛い。今回は保留となった。

とりあえず家ではたまに食べよう。

六章　エクスシスの滝

土曜日。

ゴーン、ゴーン、ゴーン。鐘の大きな音が鳴る。

あぁ、この辺はラファリエ教会に近くて、鐘の音が大きくはっきり聞こえる。

「むにゃぁ、エド、あさぁ？　エドすきぃ」

「みゃぅぅ、私もエド君、好きぃ、むにゃむにゃ」

ミーニャが半分起きて甘えてくると、それを察知したシエルも何だか言っている。

ミーニャの好き好きアタックは今日も調子がいい。

「おし、ミーニャ、シエル、朝だぞ」

「うん、救世主様ぁ」

「はい、エド君、もうちょっと寝たいみゃう」

なんとか起こして、さっと簡単な朝ご飯を済ます。

簡単といっても、豆とサトイモ、タンポポ草などを一緒に炒《いた》めたものを作る。

あとはサトイモ煮、フキの煮物、酢ショウガなど作り置きの一品料理がある。

犬麦茶に氷を入れて、アイス犬麦茶にする。

今日も朝から気温がぐんぐん上がって、もう暑いくらいだ。

「さて朝ご飯を食べたのでラニアを連れて、エクシスの滝まで行こう」

「え、エクシスの滝って、あの橋があった？」

「そそ」

「わかった。私はどこまでもエドちゃんについていくから」

「わわわっ、私もエド君についていくみゃう」

二人の忠誠度は結構高い。

そういうゲームがあったら攻略対象のフラグがすでに立ってるんだろうな、とは思う。

「ラーニーアーちゃーんー」

「はーい」

「今日は森だ。装備よろしく」

「はいはーい。すぐしたくします」

今日はいつもよりちょっと時間が早い。子供の足で行くには、滝はすこしばかり遠いのだ。一所懸命に歩かないと。

四人パーティーでスラム街をＲＰＧのマップチップに乗っていくように進む。

切り株の平原で、少しだけ採取をしながら進む。今日もエルダタケを発見。幸先はいい。

森との境界線に到着した。

人間が木を切ったので、ここまでは切り株と低木しかない。いきなり森になる。

ここが伐採の最前線だけど、スラム街の住民はあらかたテントやあばら家を建て終わったので、現在はほぼ伐採していない。

「んじゃ祝福よろしく」

「はーい」

ミーニャが左手に杖《つえ》を構えて、右手を右側へ向けて、準備する。

いつからか俺たちはそれに倣って、よく兵士とかがやっている右手を胸につける兵士の敬礼をするようになった。

右手をグーにしてぴったり胸の前で横向きにして、数秒間静止して、ミーニャを見守る。

ミーニャが聖印を切る。

「ラファリエール様、私たちをお守りください」

――祝福が降ってくる。

これはもう天から「降ってくる」以外に形容しようがない。

これがこの世界の理《ことわり》であって、魔法の一種なのだ。

「さて今日は探索じゃないので、目の前の草だけ、いいものがないかチェックして。あとは無視で」

「「「はいっ」」」

「今日はまっすぐどんどん進むから」

「「「はいっ」」」

三人分、いい返事が返ってくる。宣言した通り左右をあまり見ず、前へと進んでいく。

歩くことに集中すると結構速い。森を進むと一言で言っても、違いがあるんだな。

木漏れ日。木々の葉が擦れる音。鳥のさえずり。森の様子がわかる。

今日は平和そうだ。ありがたい。これが異様に静かだったり、逆にざわついていたりすると、何か危険がある。

歩く。とにかく歩く。目標地点はエクシスの滝だ。

道沿いを歩いたほうが近いと思うかもしれない。

エルトリア街道を進んで、エクシス橋でエクシス川沿いに曲がって進むとL字に進むことになる。

それなら最初から森の中を斜めに進んだほうが近い。

それに川沿いの崖の下を進むのは、崖だけで河原がほとんどない場所があるため危険だ。

川の崖上を歩いても、崖が左右に曲がっている箇所があり、落ちる可能性がある。

一番距離が短くて安全なのが、実はエクシス森林を斜めに横断することなのだ。

ただ、方向がわからなくなると詰むという欠点はある。

なるべく直線的に進む。太陽の向きには注意する。

「ゴブゴブ」

ゴブリンだ。数はイチ。ソロだった。

「ファイア」

ラニアの短縮詠唱のファイアの餌食になって、すぐに倒した。

俺は見てるだけ、あと解体。魔石を取り出す。相変わらず綺麗《きれい》な魔石だ。

「キィー。キィー」

聞きなれない声だけど、これはシカだ。何頭かいて、俺たちを見て警戒音で鳴く。

目の前を二頭、通過していく。俺たちより少し大きい。角が生えている。

オスの角は大きく、メスのは少し小さいなどの違いがある。

茶色に斑点があるシカ模様でお腹側とお尻が白い。

反対側からも「キィー、キィー」と鳴くのが聞こえる。

俺たちを挟むように左側から右側へ、シカの群れが鳴きながら通過していく。

「シカのお肉……」

ミーニャが残念そうにぽつりと言った。

「まぁ今回はエクシスの滝が目的だから」

「そうだけど、お肉ぅ、食べたかったな」

「帰りに見かけたら、狩りも試してみよう。そもそも弓矢とかも持ってないし」

「そっか」

剣で突っ込んでいって鹿狩りとか難しそうだよ、ミーニャ。

魔法か弓矢とかないと、ちょっとね。


ざぁぁああああああ。音がする。水が落ちる音だ。

「近いね。この辺かな」

「滝に着いたの？」

「うん」

俺の言葉にミーニャが質問して俺が答える。歩くスピードを落として、滝へ近づいていく。

右手方向が下流なので、右側から回り込む。この辺の土地はほぼ平坦《へいたん》で北側のほうが少しずつ高くなっている。

厳密に言えば平地ではなく、南側のエルトリア街道の付近まで北に聳《そび》えるヘルホルン山の裾野が緩く広がっている。

その裾野がエクシス森林になっていて、その途中にエクシスの滝がある。

少しきつめの斜面を下りると、下が川になっていた。

川の部分だけ土が削られて、細い谷を作っている。

ヘルホルン山は大昔ではなく、有史時代の初期に大噴火をしてこの辺り一帯を作ったらしい。

だから新しい地形なのだそうだ。古い地形のままの川ならもっと幅の広い谷ができて河岸段丘《かがんだんきゅう》みたいになっているはずだ。そうではなく谷は川幅に少し足された程度しかない。

「わっ、川だぁ」

「ああ、滝だから当然、川あるよね」

「そうですね」

ミーニャが驚いて俺が説明、ラニアが同意する。

「みゃう」

遅れてシエルが鳴いた。会話に参加できなくて悔しかったらしい。

川岸に下りるとそこは谷底で、目の前には大瀑布《だいばくふ》エクシスの滝があった。


「綺麗にゃ、あ、妖精さん」

「この辺りは滝の水の粒子が飛んでるから涼しいんですね」

「お花畑みゃう」

幅の広い大きな滝だ。水が白いカーテンのように左右に広がっている。

中央やや左には、上流から流れてくる川の部分の水量が多いメインの滝がある。

そのメインの滝の下には滝壺《たきつぼ》があって、水深が数メートルあるのだろう、透明な青い水がたっぷりと泉のようにたたえられていた。

「え、今、妖精って」

「うん、ちらっと見えたにゃ」

妖精さんはミーニャにだけ見えるのか、俺たちが見逃したのかは謎だ。

静かに目を皿のようにして探してみるが、見つからない。

川底には川海苔《のり》や水草がところどころに生えている。

そして魚、イワナのような十五センチくらいのサイズのものが何匹も泳いでいる。

幅の広い滝の下側には崩落した土が堆積していて、ここだけ川岸が広い。

その部分は、春のお花畑の様相だった。霧のような水の粒子で気温がずいぶん低く感じられる。だからまだここだけ季節が春のままだ。

「これは菜の花畑だね！」

菜の花はミーニャでも知っているらしい。春の早い時期に黄色い花をいっぱいつける。

実はアブラナなので、種《たね》を搾ればナタネ油になるんだけど、有効活用されていないという。

この世界では中世顔負けに油といえばオリーブ油だ。

都市の周辺に大量に植樹されてオリーブの大農園になっているところもある。

アブラナも栽培自体はされているけれど、小規模なんだとか。

だからなのか、あんまりナタネ油は流通していない。

アブラナ、ダイコン、ブロッコリーなんかが菜の花のお仲間だ。ハクサイ、カブ、チンゲンサイ、コマツナとかも。だから根っこを掘れば小さいダイコンもついてくる。

何種類ものチョウチョウが飛んでいて、妖精と見間違えそうだ。

黄色いチョウチョウ、白いチョウチョウ、アゲハチョウ。あと青いチョウチョウ。

「こりゃぁ、地上の楽園だな」

「そうですねぇ」

俺とラニアでまったりする。ミーニャと妹分のシエルはお花畑に突入していった。

「お、これは？」

「あ、はい。これは私、知ってます。メリクリウスです」

「へぇ」

俺たちの足元には、一株の青い花をつけた珍しい花があった。鑑定。

【メリクリウス　薬草　良品】

しかも良品だ。

「あ、これ、薬草なのか」

「はい。えっと、金貨ですね、これ」

「うっ、どうしよう」

見渡してみる。ぽつぽつ、あ、向こう岸に群生してる。一つ二つじゃない。

「ちょ、ちょっと待って、群生してるんだけど」

「そうですね。全部採ったら白金貨ですね」

「はあ、白金貨？」

「はい。でも全部採ったら未来永劫《みらいえいごう》、恨まれますよ」

「だろうな」

群生地を荒らすとか完全に犯罪者だ。

「冒険者は知ってるのかな」

「知ってるんじゃないですか。でも大切な薬草だから」

「ああ」

「それに輸送が難しいと聞いたことがあります」

「ほほぅ」

つまり時間経過がないアイテムボックスが必要だということだ。一般にアイテムボックスのスキル持ちはほとんどいない。マジックバッグなら金貨でギルドでも買えるが時間経過そのものはある。

「五株くらい持って帰りましょうか」

「そうする」

俺とラニアで慎重にメリクリウスを採取する。採取方法はラニアに聞いた。

根っこと茎の間をレタスみたいに切ればいいらしい。

「やばい。これだけでも金貨何枚だろう」

「暗黒微笑《あんこくびしょう》ですか」

「そそ、暗黒微笑」

ラニアがニッと笑う。ラニアも暗黒微笑のつもりなのだろうが、元の顔がかわいいので、めっちゃかわいくなる。恥ずかしいので視線を遠くに移す。

お花畑では金髪サラサラのエルフちゃんと銀髪サラサラの猫耳ちゃんが遊んでいる。

なんだこれ……。

お花に囲まれたミーニャとシエルの周りをチョウチョウがひらひら舞っていた。

柔らかい日差しが滝の水分の粒子に反射してキラキラしている。

絵になるというか天国に見える。やばい。絵面《えづら》が完全にシャングリラやユートピアのそれだ。

俺、ここに定住したい。ずっとコレ眺めてニヤニヤして生活したい。

「ふふふ、かわいいですね」

「あぁ、めっちゃかわいい」

ラニアが俺の視線の先を見てコメントする。おまかわ。どっちもかわいい。

川で水を飲む。すごく透明でめちゃくちゃ冷たくて美味《おい》しい。大丈夫、だろう、たぶん。この辺の水はみんな飲料水にしているし。毒があるとか聞いたことがないし。

「ミーニャ、シエル。そろそろ行くぞ」

「あ、うん。わかったぁ」

「はーいみゃう」

呼び戻して崖を登る。

非常食、干し肉をかじる。今日のお昼はこれだけだ。干し肉を崖上でももぐもぐして移動しはじめてすぐだった。まだ滝の音も聞こえるくらい近い。

「あれ、なんかここ、ちょっと小高いです」

気がついたのはラニアだ。そこは標高プラス十メートルくらいの小山になっている。

ちょっと興味が出たので登ってみる。ちょうどいい感じに直線的な登山道みたいに開けた場所がある。まっすぐ登っていく。頂上に着いた。

「あ、これ」

「そうですね」

俺とラニアはさすがに気がついて、目を合わせる。

「え、なに？」

「なんでしょうみゃう」

ミーニャとシエルは頭にハテナが飛んでいた。

「あぁこの石、よく見ると角《かど》があるでしょう。遺跡なんだと思う」

「あぁ、ほんとだ！」

「なるほどみゃう」

二人も納得顔で周りを見渡す。よく見ると石が積まれていて角がある。

完全に角ばっているわけではなく多少丸みがあるが、長年の雨風で削れたりしたのだろう。

コケが生えていて自然みたいに見えるものの、よく見ると違う。さっきの登山道、どちらかというと参道から見て頂上の左右に、灯籠《とうろう》のような明らかな人工物があった。

「これなんか彫刻だね」

「そうですね」

灯籠のような石の柱だ。四角い。そして奥には石畳があり今も木が生えていなくて向こうが見える。石畳の中央には高さ二メートルくらいのピラミッド状の石組みがあった。これも明らかに人工物だ。

正面の奥にはヘルホルン山の山頂がばっちり見える。日本で言えば御神体は山そのもの、ヘルホルン山というところだろう。日本にもこれに似たようなものはある。

東日本なんかの各地にある浅間神社には富士山を模した数メートルの小山がちょくちょくある。

「古代の山岳信仰の跡なんだろうね」

「この地にも人が住んでいたのでしょうか」

「さぁ、神社だけなのか周りに住んでいたかはわからないね」

「そうですね」

俺とラニアが考察をする。ふむ。こういう話ができる教養があるとちょっとうれしい。

「ミーニャ、これ古い教会の一種なんだよ」

「へぇ」

「もしかしたらエルフの祠《ほこら》とかかもしれない」

「なるほどぉ」

ミーニャたちの故郷はこの山の向こう側だが、故郷をしのんでお参りをする、こちら側に住んでいたエルフもいたかもしれない。

ちょっとロマンがあっていいと思う。そうして俺たちは、エクシス森林を戻って家に帰った。

今回も無事に戻ってきた。もう夕方になってしまったので、急いで冒険者ギルドへ行こう。


夕暮れに染まる街を眺めながら、冒険者ギルドへ直行する。

ギルドの建物に着くと、ドアを開けて入る。カウベルが鳴る。

やはりこの音を聞くとなんか戻ってきた感じがして好きだ。

そういえばカウベルだと思っているけど、厳密に言えば「ドアベル」かもしれない。

ドアベルなんだけどギルドのは音が低くて、どう聞いてもカウベルに聞こえる。

ちなみにカウベルっていうのは、家畜のウシが首から下げてるベルのことね。

夕方だから比較的混んでいる。その中でも列がすいている例のエルフさんのところへ並ぶ。

「本日はどのようなご用件ですか、ミーニャ様」

「あ、えっとメリクリウスを取ってきたんですけど、買い取ってくれますか？」

ミーニャに聞いてくるが、もちろん無視して俺が答える。

「えっ？　メリクリウス？　そんな貴重なものを？　どこからです？」

「エクシスの滝からですけど」

「あっ、はい。一度にたくさん採ってきちゃだめですからね。一応、保護されてるんです。四人だと週に一回六株までですよ」

「そうなんですか。知らなかったです」

一人あたり一株でパーティー単位でプラスで二株らしい。

アイテムボックスから五株のメリクリウスを出す。

「おい、あれ、青い花。メリクリウスだぜ」

「あれがメリクリウスかぁ。綺麗なんだな」

「花は思ったより小さいんだな」

「あんな貴重なものをガキどもがか」

なにやら後ろのほうから声が聞こえる。

「た、確かに。クマイラス殿、クマイラス殿」

エルフ受付嬢のミクラシアさんが、鑑定スキル持ちのクマイラスさんを呼び出した。

「これ、見てもらえます？」

「鑑定しなくてもメリクリウスだな。本物だ。まだ新しい。良品だろう」

「そうですか。鑑定いりませんか？」

「これくらいなら見ればわかる。鑑定は不要だ。よかったな」

「あ、え、はい。ありがとうございました」

「代金なんですけど。一つ金貨四枚でして。金貨二十枚になります」

「はい。ありがとうございます」

そそくさとカウンターの列を離れて精算しよう。

「みんな、金貨二十枚だから、一人五枚だね」

「うん」

「やりました」

「みゃぅ」

「ラニアは個人分、受け取るよね？　はい金貨五枚」

「ありがとう」

ほいほいと金貨を渡す。五枚となるとちょっと重い。

「そうだ。シエル。あのさ、服は買ったから、防具と武器見てかない？」

「私の武器ですかみゃう……うーん。見るだけならみゃう」

まず武器コーナーに向かう。いろいろある。何がいいかな、何がいいかな。

まだ、後ろのほうではメリクリウスがどうとか騒いでいるけど、知らんぷりをしよう。

「あっ、このメイス、メイスがいいですみゃう！」

メイスがいいのか。ちょっと変わっている。

「どうやって使うか知ってるよね？」

「うん。殴りつけるみゃうっ！」

元気のいいことで。これなら大丈夫そうだ。メイスは刃とかもないし魔石もないので、他の武器に比べて安い。値段を気にしてこれにしたとしたら、いい子だなぁとは思う。

「別に高い武器でもいいんだよ。お金あるし」

「いいの。メイスで」

「そっか」

ということで武器はメイスに決定。革の防具、胸当ては俺たちと同じやつでいいだろう。また新しく入荷していたので、それを購入した。

これで俺たちのパーティーはそこそこのメンバーが揃《そろ》った。格好もみんなそれっぽくなった。

うん、すばらしぃ。

ところでまだお代を払っていない。それから気になっていることがあった。

シエルがチラッチラッと、見ているものがあったのだ。

それは「ベル」と言われる武器に準ずる楽器だった。

エンチャンター付与術師、バッファーなどの支援職、補助魔法使いなどが使うと、魔道具の楽器演奏という手段でバフの性能アップ、持続時間延長などの効果をもたらす。

ただバフを掛けるだけではあまり効果は高くないと聞く。

うちのマッマは知識持ちなので、内容は浅いがいろいろ教えてくれていた。

「なぁシエル、メイスで本当にいいの？」

「うん……」

一応笑顔だけど、ちょっと作り笑顔っぽい。未練はあるようだ。

「ベルって知ってる？」

「ひゃいっ、バレちゃったかみゃぅ」

えへっと舌を出した。まあ、こういうのもかわいい。

「本当はベル、装備してみたいんでしょ？」

「うん、でもあれ」

言いよどむ。言わんとすることは誰でもわかるだろう。

ベルは魔道具なのだ。魔道具は概して高い。ベルのような楽器を装備してバフをするのは、本当は騎士団とか五十人の大規模パーティーとかを想定しているらしく、置いてあるベルは貴族用の装備だった。それも全金属製で装飾があって魔石もついてる。

「すみません。一応、お尋ねしたいんだけど、このベル、いくら？」

「これですか？　すみません。中古品でして人気もないので今は金貨三枚ですね」

「そうですか」

よかった。これなら買える。金貨十枚以上は確実にするのは見ただけでわかる。中古だったのか。

この辺のコーナーは新品と新古品が混ざってるのでよくわからん。

ラッキーと思うよこれ。こういうレア武器の中古があるのが、さすが冒険者ギルドだ。

「んじゃ、ください」

「いいのみゃう？」

「ああ、メイン武器は俺からのプレゼントだから。あ、ごめん金貨一枚だけ出してください」

「はい、いいですよ。契約成立ですみゃう」

こうしてお代を払って胸当てとベルを買う。右手のベルと左手のベルで音の高さが違う。本来は片手に三つずつ装備して、最大で六音まで出せるらしい。これは中古で二つだけみたい。

「ちょっとやってみていいですか？」

「え、あ、はい」

ギルドのお姉さんに了承を得たので鳴らしてみる。緊張した顔でシエルが構える。

「ラファリエール様のご加護の下に……」

キン、コン。キン、コン。キンキンコン。

二音だけだけど、確かに曲っぽい。みんな、なんだという顔をしてシエルのほうを見ている。

とても澄んだ綺麗な音色だった。なんだか癒《いや》される。

教会の鐘の音もこれにしてくれ。そうしたら全員にバフが掛かって大変か。

「おぉぉ、これバフなんだな。俺、攻撃力の変化には敏感なんだ。わかるよ。力が湧いてくる」

「なんだか、いい音」

「元気になってきた」

その辺の冒険者が感想を教えてくれる。ギルド内はなんだかいい雰囲気だ。

顔を赤くしたシエルが演奏を止める。

「よし、これ買って正解だったみたいだな」

「そうにゃ」

「そうですね」

「はいみゃう、うれしいみゃぅ」

ぴょんぴょん跳ねてうれしがっていた。かわいい。

そうそう。メイスも安かったので買っておいた。予備にちょうどいい。

ピンチのときはメイスで加勢してクレメイス。なんちって。

ははは。日曜日。朝から清々《すがすが》しい陽気となった。天気予報とかないので、天気はその日になってみないとほぼわからない。季節的な晴れやすさはある。

朝ご飯を食べて、遊びに行こう。ラニアを連れてくる。今日は武器は持っていない。

「近所を散歩します。あとうちの庭」

「庭！」

「はい」

この家は住宅街のほぼ一番外側で、後ろには畑があって城壁がある。

家には狭いながら庭があって、モモの木と夏ミカンの木が植わっている。

モモはもう花が散って、小さい青いモモがなってる。

夏ミカンは実がなっているがまだ熟していないと思う。シーズン前なので。

「そっか、ミカンまだ食べれないんだ」

「うん。もうしばらくかかる」

「ふぅん」

食いしん坊妖精のミーニャが残念がる。庭にはいろいろな植物が混生している。

「これなんかどう？　ピンクカタバミ」

【ハナカタバミ　植物　普通】

普通!?　いや、普通か。良品ではないけど普通と。食用ではないみたいだけど。

これと非常に似たものは転生前でも見たことがある。

まずカタバミはクローバーみたいな三つ葉だ。花はピンクや黄色でそれから食べると酸っぱい。食べたことがある。カタバミには他に全体的に小さいタイプで白い花のものなどがある。葉が紫のものはアカカタバミと呼ぶらしい。

それでカタバミは抜いても抜いても生えてくる繁殖性があることから、戦国時代ごろに子孫繁栄の象徴としてありがたがられて、家紋などにもなっている、と。

「へぇ」

「よくわかんにゃい」

ミーニャには難しかったか。ラニアはふんふん聞いてくれてたのに。

シエルはカタバミにとまったチョウチョウを見てる。

まあいいんだ。花を摘んで食べさせてみる。

「ちょっと、ちゅっぱい」

「ほんとだ、酸っぱいです」

「すっぱ、面白いみゃう」

そりゃどうも。思いのほかよろこんでくれて、ちょっとうれしい。サラダに散らすといいかもしれない。少し歩く。

家の裏側の畑はオリーブ畑だ。そして間の地面にはタマネギが植えられている。

土地を有効活用するつもりらしい。なかなか面白い。

近くに池があった。水深は浅め。中央だけ少し深くて透明のまま青っぽくなっている。ここは湧き水が出てきて溜《た》まっているらしく水は綺麗《きれい》だ。小魚がその辺を泳いでいる。それ以上にたくさんいるのがオタマジャクシだった。

「オタマジャクシいっぱい」

「だね」

みんなで水の中を覗《のぞ》く。黒い頭に尻尾が生えている。中にはもう後ろ足があるやつがいる。

「これがカエルになるんだね」

「そうだよ」

ミーニャもご存じだ。カエルの卵は子供の基礎教養だもんな。スラム街の裏にも小さい池があるのだ。そちらは水がよどんでいるけれど、いろいろな虫などがいる。

「カエルは食べないの？　オタマジャクシは？」

「うーん。あんまり大きくないから食べないね」

「そうなんだ」

ミーニャの質問は続いた。ラニアは微笑《ほほえ》ましそうに見ている。

シエルはオタマジャクシを面白そうに観察していた。

ちなみにもっと大きいモンスターのカエルなら食べるらしいよ。

水面にはアメンボがいて、波紋を作りながらたまに移動する。

アメンボも食べないね。池を離れてその辺を散策する。よく見ていると、たまにキノコが生えている。しかし食用にするほど大きいものとなると、スラム街の向こう側と違いなかなかない。

【ホタルブクロ　植物　普通】

花びらを吊《つ》るした袋みたいな白い花を咲かせる。これが群生していた。なかなか見ごたえがある。

まあ食い物ではないので、ミーニャやシエルはあまり興味がないようだ。

市内は家ばっかりで自然も何もないと思っていたが、裏のほうは違うらしい。

以前仕事をしたのは主に中心地だったし、イメージなんてそんなもんか。


夕食後。もう日が沈んでいて、空に残った明るさだけの時間だ。

「ほら、これがツキミソウ」

漢字で書くと月見草だ。昼間明るいときは花が閉じていて、夕方開くらしい。

明るい蛍光色に近い黄色で数センチくらいの花が咲く。

【マツヨイグサ　植物　普通】

あれ、正式には月見草とは違う花らしい。

こういうのも民間薬になったりするのは知っているが、あまり普通の人にまで民間医療の草花は知られていない。

ということで俺も知らない。メルンさんは詳しそうだが、どうだろうか。

ゲコゲコゲコゲコゲコゲコゲコゲコ。

ゲコゲコゲコゲコゲコゲコゲコゲコ。

ゲコゲコゲコゲコゲコゲコゲコゲコ。

「すごくうるさい」

「なに、エド。よく聞こえない」

「みゃぅ」

さてマツヨイグサは綺麗なのだが、辺りがすごくうるさい。こういうのを『カエルの大合唱』というが。

――雨がくる。

家に戻ってくる。戸締まりをした。窓にガラスはないが突き出し窓がある。正確には何と呼ぶのかよくわかんないんだけど。スラム街にはなかったし。

窓の外に地面と平行についている戸を、上からフタをするように下ろす。これで強い風が吹いても安心だ。

「じゃあおやすみ」

「おやすみぃ、エド、ちゅっちゅっ」

「おやすみなさい。エド君。……ちゅっ」

ミーニャは相変わらず朝晩とちゅっちゅ攻撃してくる。最近は影響を受けたシエルまでちゅってしてくる。ただし顔を赤くして一回だけだ。

それはそれで、なんだか恥ずかしそうでかわいい。

「エドぉ」

「みゃ、みゃぅ」

ガタガタと戸の音がする。

三人で抱き合って寝ていると、外で風と雨のすごい音がする。暴風雨なのだろう。

スラム街のみんなは大丈夫だろうか。

いつもより気温は下がったものの、俺は逆にミーニャが強くくっついてくるので温かかった。

天然暖房器具はこういうとき非常に効果が高い。

カエルの鳴いた通りの天気だった。カエルさまさまだ。

暑いからといって窓を開けっぱなしで寝たらヤバいことになっていた。

雨風は一晩中続いたようだ。しかし、朝にはすっかり晴れて、いわゆる台風一過だろうか。

この世界に台風のような被害を及ぼすモンスーンが吹くかは知らない。

「すごい！　太陽！　まぶしい！　空気綺麗！」

ミーニャが両手を広げて庭を走り回る。まるで犬だな。猫だけど。

雨で空気中のチリが一掃されたようで、空が青い。

カエルがたまに鳴く。ハトやスズメが飛んでいく。

トンボが群れて飛んでいく。草花が風で揺れてサワサワ音がする。

木漏れ日も揺れて煌《きら》めいていた。トンボは風で流されてきたのだろうか。

今日もトライエは一見平和です。

しかし大雨の影響はあるようで、地面がぐちゃぐちゃになっているところもある。

被害なんかもあるかもしれない。まずは朝ご飯を食べて学校へ行こう。

台風一過。月曜日。正確には気象衛星とかないので、台風であるかはわからない。

地面に住んでて空の渦巻きを確認するのは難しい。ともかく朝から学校だ。

「みなさん、おはようございます」

「「「おはようございます」」」

ギード先生が一張羅のかっこいい服を着て教壇に立つ。

ちなみに初日からずっとフードをかぶっていて長い耳を晒《さら》したことはない。

俺の友達はミーニャの父親がエルフだと知っているが、他の人にまで知らせる必要はないだろう。

一応、まだ隠れ住んでいることになっているので。

エルダニアへ視察に行って少し落ち着いているのを確認したからか、最近ではそこまで隠れ住むことを重要だとは思っていないようだ。

状況が改善されてきているなら俺もうれしい。

子供たちのほうを見ると、中には眠れなかったのか疲れた顔の子もいる。

みんな挨拶は返すが、ぼーっとしてる子もいる。

「家の屋根が飛んだ」

「雨漏りがしてさぁ」

被害の報告も何件かあった。ただし深刻なものは少ないようだ。

屋根が飛んだ家も、テントだったようなので張り直してすでに修復済みらしい。

市内も少し被害があった。表通りの老木が二本、根本からぽっきり折れて倒れていた。

朝から領主館で人を出して、今撤去をしているそうだ。

あとはラファリエ教会の看板が飛んだ。拾ってきて仮設置してあるらしい。教会も大変だ。

「今日はアルファベットの歌を歌って数字の復習を簡単にしたら、終わりにしたいと思います。というのも大雨の次の日だからです。マイマイを取って給食に入れましょう」

「「おおぉぉお」」

みんなやる気になった。勉強ははかどった。士気がいつもと違う。

定期的に復習して覚えていくことは重要だ。さて復習が終わった。

「では班ごとに分かれてください。森へ行ってはいけません。切り株の平原でマイマイを探しましょう。スライムも集めるとドリドンさんが引き取ってくれるそうです」

「おぉぉ」

いつの間にか来ていたドリドンさんが優雅に挨拶してみせる。

右腕をL字にして左腕を伸ばし、足を膝下でクロスさせるアレだ。

これで燕尾《えんび》服を着てシルクハットにステッキだったら完璧だった。

ちなみにスライムはトイレに入れると繁殖するので、その種《たね》にするのだ。

うんちの量で繁殖量は決まるものの、元が少ないとあまり増えない。

「一班点呼。エドでーす」

「はーい。ミーニャです」

「はいっ。ラニアです」

「はいみゃう。シエルです」

「はい。一班出発します」

こうして我々も草原に繰り出す。

雨の後には、森からマイマイが出てきてよく歩いているのだ。

マイマイ。要するにカタツムリである。

「いたあぁああ」

ミーニャが叫ぶ。みんな反応する。当のマイマイは我関せず、ゆっくり移動するのみ。

ミーニャが両手で抱えて持ってくる。

うん。そうなのだ。こいつ、三十センチくらいある。

この世界のマイマイは巨大カタツムリなのだ。鑑定。

【(名前無し)
4歳　雌雄同体　A型　マイマイ　Eランク
HP95/102　MP205/215
健康状態：A（健康）】

きました。雌雄同体。男の子かなぁ女の子かなぁわかんないなぁ。

いっちょ前に健康だ。葉っぱは食べ放題。さぞかし美味《おい》しかったでしょう。

だが今度は食べられてしまう番なのだよ。

貝の仲間であるからして、かなり美味しい。出汁《だし》が出る。

アワビに似た味だと言っても間違いではない。

美味しいため平原に出てきたものは狩りつくされてしまっている。

しかし雨が降ると森から新しく移動してくる。そこが狙い目なのだ。

「スライムちゃんみっけ」

はい、今度はスライムちゃん。そういえばスライムをわざわざ鑑定したことがない気がする。鑑定。

【（名前無し）
　３か月　雌雄同体　Ｄ型　スライム　Ｅランク
　ＨＰ５５／５５　ＭＰ８５／８５
　健康状態：Ａ（健康）】

あぁスライムも雌雄同体なんだ。へぇ。男の子か女の子かわかんないなぁ。天丼。

スライムは新鮮なうちにすぐ、ドリドン中央トイレの前にドナドナされていく。

一匹、銀貨二枚。参考価格として一角ウサギの魔石が銀貨二枚相当だ。

一角ウサギの魔石はスライムの魔石より大きいので本来はスライムはそれより安い。結構奮発しているなドリドンのおっちゃんよ。各班、見つけた班も見つけられなかった班もある。

スライム狩りをして報酬を貰《もら》うことに集中した班もあったみたい。


料理ができる子、つまりナイフが使える子が集まってマイマイを解体した。

魔石もあるがすごく小さい。

解体してしまえば、単に貝の切り身にしか見えない。実際そういう味だし。

魔石は隅のほうに置いておく。これは先生が回収する。

魔石は売って、共用の費用プールに追加される予定。

そうそう俺たち一班は、他にエルダタケを二株、ムラサキメルリアタケを二株発見した。

ぶつ切りにされたマイマイがイルク豆と一緒に煮られていく。

俺はひっそりと料理班に交ざってエルダタケを二株とも投入しておく。

味のアクセントにコショウと砂糖も少しだけ提供する。

この少しだけでも全然違うのだ。もちろん塩も使ってある。

「「いただきます」」

みんなで一人一つのお椀《わん》にマイマイとイルク豆の煮物を入れて食べる。

「おいちぃ」

「うまい」

「マイマイ初めて食べたけど、うまいじゃん」

「マイマイうまいまい！」

はい、美味しい。貝の仲間なんだから美味しいに決まっている。

出汁がなんとも言えない旨味《うまみ》が出てて、こりゃうまい。

貝の出汁とエルダタケの出汁でめちゃうま料理に大変身。

まだ生存しているマイマイもいるだろうけど、こいつらだけはスラム街民も食べられるものにカウントしているので、スラム街のイヌ、ネコと同じようにさっさと捕獲されて居なくなる。

実際のところは知らないけど。ということで皆さんご一緒に。

――『マイマイうまいまい』。


月曜日の午後。平日の昼だから喫茶店エルフィールの営業日だ。

平日昼間の店に、ギードさんプラス俺たち四人もいてもしょうがないので、交代でお休みを取ることになった。

氷はラニアと俺しか出せないが、一度昼に帰ってきたときに樽《たる》に出しておく。

これでめちゃくちゃ混まなければ夕方まではもつ。

開店したあの日から、安い、そして喫茶店という文化そのものがなかったため、お店は大繁盛している。

特に長時間休憩していくという文化がないので、一杯飲んでさっと帰っていく人が多い。

文庫本もテレビもスマホもパソコンもないから時間を潰《つぶ》す要素があまりないのだ。

マダムたちも数人で来て、冷茶を飲み終わると、おしゃべりをするでもなく次の目的地へ行ってしまう。

メルンさんとギードさんによればお茶会という文化は上流階級の貴族のみのものらしい。

そもそも意味もなくお店でおしゃべりしたりしない。ただし酒場は除く。

うちは酒場じゃないし、女の子もいない。

ここでいう女の子とは夜のお仕事をしている子のことね。いわゆる水商売のことだ。

「それじゃあ、今日は俺とシエルからお休みいただきます」

「行ってらっしゃい。にゃあ」

「はい。行ってらっしゃい」

ミーニャとラニアが平気な顔で、普通に送り出してくれる。なんだか変な気分だ。

ミーニャは以前なら俺にべったりで絶対離れないはずなのに、以前の『エドのうんち一週間戦争』の初日のときもラニアと遊びに行っていた。

ラニアと頻繁に遊ぶようになるような、心境の変化があったのかもしれない。

成長したと言えるだろう。いいことだ。

「さてどこに行きたい？」

「みゃう……教会。ラファリエ教会。エド君や、みんなに会えたこと、神様に報告して感謝したい」

「そっか」

シエルもラファリエ教会の信者だったか。

いや、この国の国民ならほとんど信者だと思うけど、農村でもそうだとは限らない。

実際に村では特殊な宗教や土着の精霊様をあがめていることもあるのだ。

都市では信仰の自由なんてないが、街の外で好きにする分には問題ない。

要はバレなきゃいいのだ。

俺も一度、教会へは行こうと思っていた。ちょうどいい。

「みゃぅ、みゃぅみゃみゃ、みゃぅみゃぅ♪」

なぜか言葉ではなく、鳴き声の歌を歌っている。

聞いたことがない。女の子は俺の知らない歌を知ってるという法則でもあるのか。

結構物知りだと自覚しているので悔しい。女の子には女の子のネットワークがあるんだろう。

そこで自分たちだけの歌とか共有しているんだ。ちなみに今はもちろん俺と手をつないで、楽しそうにぶんぶん振り回している。子供か。子供だったわ。

今日は反対側にミーニャがくっついていないところが珍しい。

「こっちかな」

道を進んでいく。教会は家から近いところにある。

いつも鐘の音がうるさいくらいなので、近所なのは確かだ。

裏通りを進んでいくと、表通りに出た。もう見えている。

大きな鐘楼があるので一発で教会だとわかる。あれは鐘撞堂《かねつきどう》ともいう。

「大きな建物みゃう」

「おう」

二人で見上げる。ここから見ても、かなり高さがある。結構な建築技術だ。

石造りでこれだけ水平に建築するにはそれなりの技術力を有するのだろう。その権力も想像がつく。白亜の巨塔、というイメージだろうか。王都やどこぞにある聖都の鐘楼はさぞ高かろう。

「私、街に憧れてて、うれしいみゃう」

「そ、そうか。よかったな」

「はいっ」

シエルの笑顔がまぶしい。でもちょっとだけ実家のことも考えていたみたいで、目に涙が浮かんでいる。それを隠すように目を擦《こす》って誤魔化《ごまか》した。

「逃げてきちゃったけど……」

「うん」

「お母さんたち、ご飯食べられてるかな」

トマト農家なのでトマトが売れれば儲《もう》かるのだろうが。

問題は自分たちが食べる分を栽培していないと、トマトが全滅したときに詰むんだよな。

農家の多くは自給自足前提で回っている。食料費を相殺して、なんとか食べている場合が多い。

しかし聞いた限り、トマトの売り上げに依存しているみたいだし。

「送金してみたら？」

「送金？」

「うん。お金を実家に送るんだ。手紙の配達と同じでお金を送れる」

「そうなんだみゃう！」

あれ、送金って一般的じゃないのかな。そもそも手紙も貴族や商人ばかりで平民には一般的じゃなかったわ。前世知識のせいで俺の常識は間違っていたり、ゆがんでいることがある。

確か母トマリアが言うには冒険者ギルドでやってるはず。マイナーサービスっぽいけど。

教会があるなら、教会間でも同様のサービスがある。でも村に教会はあるのかな。

「なあ、村に冒険者ギルドかラファリエ教会はあった？」

「ギルドはないよ。教会はあったみゃう」

「そっか、じゃあ教会からお金を送ろう」

「わかった！」

さて、やっとくだんの教会に到着だ。白い石を選んで建ててある。ただ大理石とは違う感じ。なんだろう。この地域で採れた色々な石の中で白いものを選んだように見える。

そのわずかな石材の違いがモザイク画のように組み合わさって独特の模様を作っている。

表札にはラファリエ教会トライエ支部、と書かれていた。字が読めるようになって、俺氏うれしい。これが例の台風もどきで飛ばされた看板だ。

中に入ると窓から光が注いでいて神秘的だ。ちょっとミーニャの祝福を思わせる。

左右にミサの長椅子。中央に通路。通路の突き当たりには教卓。

神父様が聖書を広げて、説教するための台だ。奥に祭壇。その上にステンドグラスの窓。

祭壇にはラファリエール様の白い像。

左右には謎の飾りと木があり、果物がお供えしてある。

祭壇の前には「賽銭《さいせん》箱」がでーんと置かれている。

その箱の装飾にお金がかかっていそうで、ちょっと俗物的で笑いそうになった。

俺たちは通路を通って教卓を避けて賽銭箱の前に立つ。

「えっと、いくらにしようか」

「教会では半銀貨以上と決まってますみゃう」

「そうなの？」

「はいみゃ」

シエルに半銀貨を渡す。俺より詳しそうなシエルがそっと賽銭箱に半銀貨を入れる。

ということで俺も五円玉みたいに縁起が良さそうな半銀貨を同じようにそっと入れる。

日本だと投げ入れる人もいるが、ここでは作法が異なるらしい。

「ラファリエール様のご加護がありますように」

シエルが聖印を切る。

右手を開いて右から左、左から右へ動かすミーニャと同じやつだ。

俺もぎこちないながら真似をする。こうして礼拝を終えた。賽銭箱の前で向きを変える。

「終わりです。教会でお祈りしたことないんですみゃう？」

「え、ないと思うよ。物心ついてからは。でも教会の構造は知ってるから、小さいころの記憶だけあるんだ」

「そうですか」

シエルが神妙な目をして、俺を見上げてくる。その顔は、俺にも辛《つら》いことがあったのだろう、という表情だ。実際のところ、俺にもわからない。

俺がスラム街で遊び惚《ほう》ける前は、どこで何をしていたか記憶が定かではない。

これは俺がちっちゃかったからで、転生のせいではない。

まあ親の動きからすると苦労はしていたのだろう。

少なくともトマリアは貴族に通じているらしいし。

エルフとも信頼を交わすほど交流があったことだけは置いていったナイフからわかる。

なんだかしんみりしてしまった。

「俺はなにも覚えてないし、スラム街でも貧乏だったけど楽しくやっていたさ」

「そうですみゃう？　でもお父さんは」

「ああ、父親の記憶はないね」

「そうですか」

シエルがそうですか妖精になってしまった。顔はちょっと悲しそうだ。

「大丈夫、大丈夫。みんながいるから寂しくないよ」

「ありがとう」

「ううん」

俺が大丈夫だと言うとなぜかシエルがお礼を言う。

さて入り口の横に受付があって巫女《みこ》さんがいるので、声をかける。

「すみません。他の村のラファリエ教会まで送金したいんですけど」

「はい。すみません。送金事業は隣のセブンセブン商会でやっていまして」

「そうですか。失礼しました。そちらで伺います」

「はい、お願いします」

ふむ。一度外に出る。そして隣ってどっちだろう。あ、一発でわかったわ。

立派なほうがセブンセブン商会だ。こちらも白い石でできているし。

「すみません。セブンセブン商会さん」

「はーい」

奥からメイドさんが飛んでくる。冒険者ギルドの酒場同様、ここでもメイドさんだ。定番なのかおっぱいが大きい。

まさかメイドさんっておっぱい採用枠があって、おっぱいの大きさで合否が決まるとかないよな。

そりゃ、ないわぁ。

「どうしました？」

「げほ、げほげほ」

俺たちは背が低いので、目の前におっぱいがあって笑うところだった。ごめんねメイドさん。まるでおっぱい妖精がしゃべってるみたいだったので。

「あの、送金したくて」

「はい。こちらで取り扱っております。セブンセブン商会の名に恥じないよう、精一杯やらせていただきます」

「ストゥルミル村なんですけど」

「はい。ゼッケンバウアー伯爵領内ですね。金額は？」

「金貨十枚、です」

はぁ？　金貨十枚。彼女の貯金額は俺が記憶している。端数を除いて全額だ。

ジャムとかを売った金額も入っていたので結構持っているのだ。

「なぁシエル。シエルが悪いわけじゃない。そんなに出さなくても」

「いえ。私が売られる予定だった金額が金貨十枚だったんですみゃう。話が聞こえてたから」

「そ、そうか……そっか」

こう言ってはなんだが、金貨十枚で娘を売る。親もよっぽど苦しかったのだろう。

しかし五歳の女の子がたったの金貨十枚で親から引き離されて、辛い労働をするために奴隷として売られていくとは。

売却額とは別に口減らしという理由もあるのだろう。でももう少し、なんとか、なんとか……ならないのだろうか。俺まで泣いちゃいそう。

「私は売られちゃったけど、しょうがなかったみゃう。年々トマトの収穫は減って、弟たちにも食べさせてあげないといけなくて。村は貧困にあえいでいて。でも両親は最後まで私に優しくしてくれたみゃう。最後まで」

「そっか」

「親に背いたみゃう。少しでも報いたいから」

「ああ、わかった」

「すみません。金貨十枚ですね？　あの、手数料として銀貨三枚かかるんですけど」

「わかりました」

貯金額から引くつもりだったが手数料は俺が出そう。これくらいならバチは当たるまい。

シエルに金貨十枚、銀貨三枚を渡す。金貨を握るシエルの手が見るからに震えている。

その重さは本当なら彼女の命の重さだったのだ。

「確かに受け取りました。世界中の都市七十七を股《また》にかける大商会、セブンセブン商会トライエ支部、サラ・バルトロスが神に誓い、このお金をお預かりいたします」

「あ、はい。よろしくお願いします」

俺とシエルが頭を下げる。メイドさんも同じように頭を下げて中に入っていく。

あぁそれでセブンセブン商会なのか。というかどう見ても教会の付属組織だよね。

教会の権力を振り回して商売しているとか、結構裏側は黒そうだ。

あんまりお近づきにはなりたくないが、味方であればめちゃくちゃ心強いのも確かだ。

どうお付き合いするか考える必要があるな。

白とも黒とも言えないので、とりあえずは様子見だ。できれば敵にはしたくない。

閑話　シエルと黒髪の少年

私はシエル・モールライト、五歳。

特徴といえば猫耳族なところだろうか。

銀髪に猫耳が生えていて、同じ色の尻尾もある。あとは普通のヒューマンとだいたい同じだ。

「エド君、ごちそうさまみゃう」

「おう、ごちそうさま」

今日も野草やキノコたっぷりのご飯をいただいた。

エド君に拾われ、こうしてお世話になっている。

このような関係になったのは私が奴隷として売られそうになったことが始まりだった。

ストゥルミル村の村長の長女だったのだけど、奴隷として売られていくことが決まっていた。

近年、主要作物のトマトは不作が続いていた。麦畑を潰《つぶ》して広くトマト栽培に転用していたことが仇《あだ》となり、食べるものも購入しなければならず、資金は底を突いていたのだ。

私が我慢すれば弟たちは助かる、ということだったのだけど、奴隷契約直前、怖くなってしまったのだ。

家族と別れどこの誰だかわからないご主人様にこき使われる生活を想像して寒気がしたのだ。

正式な契約直前、私は家を飛び出していた。

そこからはひたすらにただ逃げてきた。

途中、親切なおじさんの荷馬車に出会った。しかし彼は私を首輪を無理やり外した脱走奴隷だと決めつけ売り飛ばそうとしたのだ。

私は命からがら再び走って逃げた。

方向はよくわからなかったのだけど、運良くトライエ市に向かっていた。

しかし市内に入るには門を通らなければならない。門には検問をしている兵士がいる。怖いと思ったのだ。

そうして城壁の外を回り込んだ。

城壁の外の東側にはスラム街のラニエルダが広がっていて、当てもなくその中を歩いた。

しかし体力が限界にきていて、座りこんでしまった。

そこがたまたまエド君の家の前だった、ということだ。

人のいいエド君は私に声をかけ、家に入れてくれた。

ご飯を食べさせてくれた。歩き続けた私には三日ぶりの食事だった。

それがどれだけ美味《おい》しく感じられたか。

貧しいスラム街だというのに、私にご飯を分けてくれた。

すごく、心から感謝した。

エド君はミーニャ一家も家の前で拾ったと言って笑っていた。

私はなんだかんだ救われたのだ、エド君に。

エド君はヒーローというか、ご主人様のイメージだった。

もう一生エド君についていこう。すでにお嫁さん候補の女の子、ミーニャちゃんとラニアちゃんがいるけれど、私は三番目でもいいからお嫁さんにしてほしい。

私だって農家の娘だもん。いろいろな仕事の手伝いはずっとしてきたのだ。

自分にもできることがきっとある。

まずエルダニアに行くことになった。くっついていったけれど、私は存在感を出すことができなかった。

できたことといったらトマトを切ることくらいだろうか。

エド君はキノコとトマトのとても美味しいスープを作ったのでびっくりした。


私もだんだん一員として馴染《なじ》んでいった。

しかしずっと心のどこかで気がかりだったことがあった。

両親が私を売る代金として受け取るはずだった金貨だ。

これっぽっちと思うかもしれない。しかし麦やイルク豆ならかなりの量を買える。

今年の冬を越せるだけの食べ物を買うお金だった。

エド君は様々な活動で得たお金を、私にも公平に分配してくれた。

その金額はついに私を売るはずだった金額に達していたのだ。

「ありがとうございますみゃう」

私はエド君に頭を下げ感謝した。働けば働くほどお金が貰《もら》える。

それは充実していて、とても素敵な毎日で、かけがえのないものだ。

全てはエド君のおかげなのだ。

そうしてついに両親へ金貨を送金することができた。

両親には今まで愛情をこめて育ててもらった恩があった。

最後は売られてしまったけれど、それはしょうがなかったのだ。

これは「自分を買い戻す」代金であり、事実上の借金から私たちを解放する重要なものだ。

私は青空の下を諸手《もろて》を上げて歩ける自由を得たのだ。

「エド君、ありがとみゃう」

どうしても生まれつき猫語になってしまう。

そんな私を見てエド君は笑顔を向けてくれる。

まるで素敵なご主人様のようだった。

「すまん、少し遅くなった」

「あ、いや、別にいいよ」

いきなり俺に謝ってきたのはハリスだ。

「売り上げの二割だったか。はい金貨三枚」

「あっ、ああ」

学校でこんな大金ほいほい渡すなよ。とは思ったものの、もう遅い。

放課後だけどまだ駄弁《だべ》り中のお子様が何人か残っている。

周りの子はちらちら金貨を見ているが、だんまりを決め込むか。というかなぜ金貨に両替してきたんだ。普通に銀貨で売上金を貰《もら》ってたら金貨にならないはずだろ。

見栄か。何かの見栄なのか。他人の考えていることまでは俺の能力ではわからない。

「すげえよな。あの俺らが金貨をやりとりするんだぜ」

「そうだな。しかし銀貨でもよかったんだぜ」

「えぇ？」

「なにその不思議そうな顔」

「いや、エドは金貨のほうがよろこぶかと思って」

「いや、どっちでもいいから、次は適当にしてくれ」

「わかった」

なにやら考え方にすれ違いがあったもよう。特に話し合ってなければ、そんなもんか。

ドリドンさんはどっちがいいか聞いてきたっけな。

金貨も銀貨もたっぷり持っているからできる芸当だ。その余裕は羨《うらや》ましい。

ハリスも一丁前の顔して俺と握手した。

ちなみにこれはドリドン雑貨店でのハーブの売り上げの二割だ。

他の仕入れは俺が支払う側なのでその都度払っている。

貰ったり払ったりややこしいがご勘弁願いたい。

どうでもいいと思っていたので不干渉でいたんだけど、本当に二割貰えると、金額はともかくうれしいな。

そして実際に金貨三枚とか。これはプール金に突っ込んでおこう。

四人で割りにくいし、かといって初期の三人で割るというのも、みんないい顔をしないと思う。

「そうだハリス。あのな、ドクダミとヨモギってわかるか？」

「いや、全然。草なんて今まで興味なかったし」

「だろうな」

ガキ大将が草に詳しかったら逆にびっくりだわ。どんな人生送ってきたんだってなる。

俺たちは草原に移動して、ドクダミとヨモギ、それからマツヨイグサを教える。

「これをブレンド。ブレンドってわかるか。混ぜるんだ。分量は同じくらいにしてくれ。あと犬麦茶も混ぜる」

「それで？」

「健康茶ってやつだよ。健康にいいとされてる。民間療法だよ」

「あぁメルンさんの」

「ああ」

正確には違うが、似たようなものなので頷《うなず》いておく。

メルンさんの薬草、薬草茶は魔法のヒールと同じように「マジ」で効くタイプなので、民間療法より強力なんだけど、説明するのがだるい。

あとあれはたいてい本来は高い。もしくは「くそ高い」のだ本当は、たぶん。

どこから調達してるのか、平気な顔して処方したりしていたが、なんなんだあれ。

実はマジックバッグとか持ってるのかな。

それに乾燥薬草みたいのを詰めてあるとかか。それならわかる。

「わかった。知り合いには俺が教えておく。サンキュー」

「ほいほい」


こうしてドクダミ、ヨモギ、マツヨイグサ、イヌムギの健康茶ができた。

店で出すメニューのお種類は絞りたいとは思っているんだけど、健康茶は入れたかったので増やした。

ドリドン雑貨店、それからトライエ市内の例の商店でも取り扱ってくれているらしい。

すでにハーブティーと犬麦茶を出荷していて、そっちの料金の二割も利益に含まれているそうだ。

さて本当はタンポポコーヒーをどうしようかな、と思っている。作り方は知っている。

根っこを掘り返して細かくして干して炒《い》るんだけど、根っこを取ってしまうとタンポポ草がなくなってしまう。

採りつくしたりしないとは思うけど、少しだけ心配だ。

あと自分でその工程をやるのはだるすぎるため、やはりハリスにアウトソーシングするのがいいと思う。

面倒な作業は任せるに限る。

「ということでタンポポの根を炒ったのがタンポポコーヒーになる」

「お、おう。よく知ってるな」

試しに一緒に作って試飲してみた。

「うまいなエド。香ばしいというか、いい匂いがして」

「そうだな。思ったよりも美味《おい》しいな」

俺とハリスでコーヒーを楽しむ。

「数量限定になるが、店で出す分は俺たちで作るか」

「すまん、たのむ。ハリス」

「ああ。ドリドンさんちまでは回らないからエルフィールの専売だな、当分は」

「そうなるね」

これで喫茶店の飲み物メニューはハーブティー、犬麦茶、レモン水、健康茶、タンポポコーヒーの五種類になった。

当初はなるべく少ない手間、メニューでと考えていたが、やっぱり欲しいものを追加していくとどうしてもこうなってしまうな。

「んじゃ、今後もご贔屓《ひいき》に。ハリス」

「ああ、まかせておけ。エド」

俺とハリスが暗黒微笑《あんこくびしょう》で握手を交わす。

ハリスは手間の割にはあまり儲《もう》からないが、ハーブティーだけでは売り上げが頭打ちで、増産してもそれほど売れそうになかったようだ。

そこに新しい仕事として健康茶とタンポポコーヒーが入ってきたという状態だった。

だからホクホク顔で仕事をしてくれるらしい。

比較的安い仕事だが、トライエ市内の雑用の倍以上稼げるとあって、やる気は十分だった。

ハリスの舎弟というか友達も一緒に仕事をするので、分け前が増えることになり大歓迎ということだった。

今までは少ない仕事を交代で休みを入れて回していたので、ワークシェアリング状態だったのだ。

毎日働きたいというわけではないだろうが、貰える額が増えるならやるだろう。

「エド、お前いい奴だな」

「今更かよ。俺は前からいい奴だぞ」

「くぉっ。なにが黒髪黒眼は呪いの子だ。嘘《うそ》っぱちじゃねえか」

「まったくだ。魔素占いだっけ？」

「そうだぞ。伝統の魔素占いな。なにが伝統だよ。信じるだけ損だったな。前は、その、つっかかってごめん」

「いいって。もう過ぎたことだ」

なんだかんだ、俺たちはいい商売相手になりそうだ。

子供の仕事だとか思ってアウトソーシングしているけど事業は安定しているし、ひっそり儲かっているから十分だったな。

さらにお茶の種類を増やして、販路をもっと広げて、あとは他のお店や町にまで輸出できるようになればもっと売れる。

俺の仕事ではないがハリスがやる気になれば、一生この仕事でも大丈夫だな。

まあハリス、なんやかんやお茶屋もいい仕事になりそうだ。がんばってくれ。

学校というのはスラム街と市内の貧しい家の子がみんな集まる。

そのため噂話《うわさ》を集めるのにちょうどいい。

「なあ、防壁の話、聞いたか？」

「ああ、もう昨日から工事始まってるぞ」

「ラニエルダ防壁だっけ」

「そうそう」

今日の話題はラニエルダ防壁という壁の話だった。情報の断片をつなぎ合わせるとこうだ。

領主主導でラニエルダの防壁を作ってくれるらしい。工期は昨日から一か月ぐらいの予定。

ご予算は領主から全額出る。ラニエルダ民の負担はゼロ。

「ふーん、で？」

「あのエド君。ラニエルダは領主が黙認してるだけなので本来は統治圏外なんですよ」

「あぁそんな話もあったっけ」

ラニエルダの家々は一応、法律上は違法建築物だ。この辺の土地は全部領主の土地となっている。

所有権のない土地に勝手に建物を建ててはいけない。しかし領主は黙認してくれているのでグレーということになっている。家賃もなく市民なら必須の人頭税もない。

その代わり市内で通用する各種条例の類《たぐい》や保護策も適用されない。

衛兵も守ってるのは門までで、基本的にはラニエルダに不干渉ということになっているのだ。

『エドのうんち一週間戦争』が黙認されたのもその影響だった。

これが城内で暴れていれば衛兵が飛んでくるに決まっている。

ラニアがファイアボールをぶっ放しても厳重注意処分だけで済んだのも、これのおかげだ。

『なんだ今の火の玉！』

『どうした、どうした』

『すげえデカかったぞ』

ちょっとした騒ぎになって門番の衛兵がさすがに飛んできたのだ。

ラニアは説教されてしまったけど、それだけで終わった。

ラニエルダ自治会が昼間の警備と夜警を自分たちでしているのも、この不干渉の暗黙のルールによるものだ。

昼間の警備は自治会で専門の人間を雇っている。

夜警は以前の通り、手当は出るけど住民の持ち回りで回している。

一年以上前、一度ゴブリンがラニエルダに侵入してきて大混乱になったことがある。

そのときは衛兵と冒険者が出動して事なきを得た。

しかし自治会にとっては苦い思い出となった。

ラニエルダ自治会は外側に第二城壁をずっと欲しがっていた。

領主に陳情書を出したこともあるが、今までは門前払いだった。

理由はわからないが、今になって工事をしてくれるらしい。

ラニエルダの存在を事実上認めるという意味でもある。

今まで行政はラニエルダを存在していないものとして一切が認められていなかった。

ないものとして扱われていたから義務や税金も何もなかったのだ。

「さて裏の事情は？」

「そんなの知りません」

「にゃーん」

「みゃぅみゃぅ」

みんな知らないらしい。俺も知らない。

ラニエルダはテントが多い。一応、簡易小屋が建ててあっても、今でも難民キャンプ状態だ。

それが固定化されるのかもしれない。

もしくは新しい地区として正式に市内に取り込もうという算段の可能性もある。

市内の住宅は空き家が少なくて、手狭になっているのは家探しのときに感じた。

ラニエルダの家を立派な住宅に建て直しすれば、新しい地区の完成だ。

そうやって順々に広げてきた街はいっぱいあるらしい。

地球の中世の街でも外壁、内壁、第二防壁などに分かれてるのはそういう理由が多いとかなんとか。

学校が終わり実際に現場を見に行ってみた。

この工区はエルトリア街道から北側へ街を囲っていくようだ。

土魔法を行使して外側の土を掘り内側へ盛り土して二メートルほどの高さに積む。

堀と合わせると四メートルぐらいだけど、堀には水が染み出していて、水面からは三メートルくらいの高さの土壁になっていた。こういうのを日本語では土塁という。

石壁よりは丈夫じゃないけど、多くの城で使われている手法だ。ゴブリンくらいなら大丈夫だ。

ワイバーンとかになると無力だけど、そもそも空を飛んでくるのは壁では防げないのでノーカンなのだ。

オーガクラスだと危険かもしれないが、そのときは元からピンチだ。急いで逃げよう。

なるほど土木建築といっても土魔法なんだな。作業者は休憩をはさみつつ、魔法を行使していた。

「土の精霊よ、ここに土壁を――アースウォール」

土がみるみる山になって、横にはいつの間にか堀ができている。

こういうふうに勝手に動くのは魔法の神秘だ。

「石壁にはしないんですか？」

「なんだ坊主、見学か？　あぁ、石壁魔法はコストが高いんでな。俺たちじゃすぐ魔力が枯渇しちまうんだよ。土は元からあるからコストがずっと低いんだ」

「なるほどぉ、元々そこにある物を使うのと一から物を錬成するのとじゃ全然違いますもんね」

「そういうこった」

なるほどそれっぽい魔法だ。一応、戦闘用でも同じ魔法だったりする。

魔法で作った土壁は、ただ土を盛ったものよりずっと頑丈なので、大丈夫だろう。

でも石壁魔法も見てみたい。立派な石壁がトライエ市の外側にはあるんだから、昔誰かが魔法で作ったことは間違いないのだ。今も傷むこともなく城壁の役割を全うしている。

「お疲れ様です。レモン水どうぞ！」

「あぁ坊主、助かる」

「そちらのかたもレモン水どうぞ。冷えてます」

「ありがてぇ」

「普段は市内東地区の喫茶店エルフィールってお店で出してます。冷えてるので美味しいですよ」

「そうかい、覚えておくよ」

俺は作業員たちに冷やしたレモン水を配る。アイテムボックスから出してるのは秘密だ。

ちゃっかりエルフィールの宣伝もしておく。土魔法か。俺も覚えておこうかな。

適性あるだろうか。課題として心のメモ帳に書きつけておこう。


土曜日。植物開拓をもう少し進める。

ミーニャたちとしては美味しい料理の話題のほうがうれしそうだが、もう少しだけ付き合ってもらおう。

そそくさと草原に移動した。

「これがイタドリ」

「ふぅん」

「これは知ってます」

「みゃう？」

木みたいな太めの茎。草としては大きな、初心者マークに似た形の葉が生えている。鑑定。

【イタドリ　薬草　食用可】

食用可なのでおそらくお茶みたいに煎じて飲むタイプの薬草なのだろう。

違う名前でもわりあい有名だ。有名といっても若い子は知らないかもしれない。

俺？　俺はだな、田舎の子だから知ってたの。

都会ではもうその辺の草を採って食べる習慣とかなさそうだ。

——スカンポ。そう呼ばれている。

昔ちょっと調べたのだが「痛みを取る」でイタドリなのだそうだ。

子供がよく春の新芽に塩をつけて食べていた。酸っぱくて美味しい。

今は日本でいうところの六月くらいなので、だいぶ背の高い草になっている。

先ほど見たように薬草らしい。

「ラニアちゃん、どれくらい知ってる？」

「はい。あの、イタドリは痛み止めとかで使う薬草ですね」

「そうなんだ。ギルドで売れるかな」

「買い取りしてくれそうですよ。その辺に生えているものの、薬になった状態で使う人が多いので、草そのものはあまり知られていないんですよ」

「ああ、なるほどね」

イタドリはこの時期、草原と河川敷、どちらにも猛繁殖している。

河川敷にはほかに蔓性《つるせい》の葛《くず》、あとノイチゴが多い。

「ねえねえ、このイチゴはみんな食べないよね。真っ赤で美味しそうにゃ」

ミーニャが指差す先は確かにイチゴなのだが、これは残念なものなのだ。鑑定。

【ヘビイチゴ　植物　普通】

説明にも食用とは書かれていない。

有毒ではないので砂糖を入れて無理やりジャムにすることはできると何かで読んだことがあるが、あまり食べたいとも思わない。

ヘビイチゴは甘味がなく、味がしない。残念イチゴちゃん。

「あと、これ。スイバ」

ほうれん草みたいな草。イタドリほど大きくはないが、他と比べれば大型の草だ。これも鑑定。

【スイバ　薬草　食用可】

「これも薬草の一種ですね。イタドリとは近い仲間だそうです」

「へぇ」

「へぇ、にゃ」

「へぇ、みゃう」

俺も詳しくはないが、ヨーロッパではソレルという名称の野草で、酸味のあるハーブとして使うらしい。

というか「酸い葉」でスイバなのでしょ。まんまやんけ。

これもその辺にいくらでも生えている。そしてこれも薬草なのだという。

「ということでイタドリとスイバをたくさん採ってギルドで売ってみよう」

俺は全員の顔を眺めて。

「えいえいおー」

「「えいえいおー」」

かけ声をかけた。よし、やってみよう。おそらく金貨まではいかないだろう。どこにでも生えているし。

しかし薬草は薬草だ。需要は確かにある。メルンさんも確か使っていたような気がする。

こうしてイタドリとスイバを分けて採って歩く。二種類持つと不便なので、俺とミーニャがイタドリ、ラニアとシエルがスイバを担当している。バッグがパンパンになるまで採った。

「よし、そろそろ切り上げよう」

「「はーい」」

俺の号令で集合だ。いそいそと東門を通って、冒険者ギルドへ。さていつものようにカウンターへ行く。すぐに向こうのエルフのミクラシアさんが暇そうにこっちを見ているので、そこへ向かう。

「冒険者ギルドへようこそ」

「お姉さん、あの今日はイタドリとスイバを採ってきました」

「あ、そうですね。今、ぐんぐん伸びる時期ですからねえ」

「そうですよね」

このお姉さんもだいぶ当たりが柔らかくなった。

みんなで背中のバッグを下ろして、草を取り出してカウンターに置く。

「今、軽く検品と計量して査定してきますのでお待ちください」

そう言って草を抱えて奥に行った。待たされることしばし。

そうそう、俺はこのギルドで待たされる時間が苦手だ。なんだかじろじろした視線も感じられて、いたたまれない。またあのガキどもが何かやってると思われているのも心外だし。

初心者を見る温かい視線は甘んじて受けるしかないが。

「はい、お待たせしました。そうですね、計量と目視の簡易査定の結果、全部で金貨一枚になります」

「え、そんなもらえんの？」

「はい。量もかなりありましたし、品質も悪くないですね。そりゃあ近くで採ってきてすぐ納品ですから当たり前なんですけど」

「そうですか。ありがとうございます」

一人当たり銀貨二枚と半銀貨だな。

「はい、ラニア」

「いつもありがとうございます」

さっと支払ってしまう。

ミーニャとシエルはエド信託銀行のご利用なので、俺の帳簿メモにちょちょっと書いておく。

よし、これで精算は終わりだ。

四人で金貨一枚なら、変なクエストよりずっと儲かる。みんなやってないのは薬草の知識がないのか。別に採集クエストとか指導の紙とか手引き書とかもないもんな。

知ってる奴だけが得して儲かる。なんだか悪い気がするが、これればかりは知識量の問題だな。

ただ草なので、伸びる時期が限定されていて、シーズンを過ぎたら収穫できなくなる。

これ専業という人が皆無なのはそのへんの問題もあるか。

「んじゃぁ、今日も唐揚げ、食ってくか」

「やったにゃあ」

「賛成です」

「んみゃう？」

シエルはまだ唐揚げ食ったことないのか。

ちょうど四人席が空いているので座る。

メイド服の――げふんげふん。おっぱいが大きいお姉さんに注文をした。

ほんの少し待つとアツアツでいい匂いの唐揚げのご登場だ。

今日はメイドさんが二人で持ってきてくれた。

「はい、唐揚げ。一つ五百ダリル、四つで銀貨二枚ね」

「はい、銀貨二枚」

「ありがとうございました」

料理と料金は交換制だ。

「「いただきます」」

みんなすぐ食べるかと思えば、シエルを見ていた。

シエルは気がつかず、ぱくっと唐揚げを食べる。

「おいしぃいいいみゃあ」

みんな頷いてから唐揚げを食べて、美味しそうな顔をした。

「やっぱり唐揚げすき」

「唐揚げは美味しいです」

「シエルも唐揚げ好きになったみゃう」

ギルドの唐揚げはうまい。こんなに安くてうまいのに、あまり注文している人を見ない。

男の子と女の子の初心者パーティーっぽい二人連れがばくばく唐揚げを食べている。

それ以外には食べてる人がいないのだ。

同じ唐揚げでもウサギの唐揚げを注文している人は多い。

こちらのほうが付け合わせにサラダがついていて値段も高い。だからだろうか。

初心者パーティーや俺たちを見る大人たちの視線が「生温かい」ので、何か理由あるのかもしれない。

まあ、いいか。唐揚げ美味しいし。

九章　教会とビエルシーラ商店

あくる日。俺とラニアが休日だったので、見張り山へペア探索に出かけた。

「二人で探検なんて珍しいですね」

「そうだね」

いつもより上機嫌のラニアと山を少し登る。

「キュピキュピ」

一角ウサギだ。

「おりゃあ」

俺が剣で斬りかかる。

前に一発で逃げられてしまったが、今回は当てることに成功、見事にウサギちゃんをゲットした。

それからもその辺を巡回して合計五羽の一角ウサギを持ち帰った。

家に帰ると解体に取りかかる。

本来ならその場ですぐに解体したほうがいいけど、俺のアイテムボックスは万能だ。

ミーニャが目を丸くして注目してくる中で解体していく。

魔石、骨、肉、皮などに分解された。内臓はそっとアイテムボックスにしまう。


さてそれでは、ついに、ついにですよ。マヨネーズづくりをしたいと思います。

もっと早くできたのだけど、泡立て器がなくて面倒くさいなと思っていたところ、最近、朝市を見ていたら泡立て器を発見したのだ。

金物屋とかに普通に売ってるのかもしれないけど、お店はよく知らない。

卵黄だけのマヨネーズにしようかとも思ったのだけど、白身がもったいないので全卵を入れる。

卵、塩、そしてこの前買ったお酢を入れる。

塩はよく使っているけど、この国の南東部は海に面していて塩田での塩づくりが盛んだ。

最後に煮つめるときも魔道コンロが使われているのでコストはそれほどかからない。

また北側のベリダリタル山脈の中腹でも岩塩が採取できる。

ベリダリタル山脈はヘルホルン山の西隣でうちからもほど近いので、塩は安価だ。

「はい、これを混ぜる」

　さらにオリーブオイルを入れて、泡立て器で混ぜていく。白っぽくなるまで根気よく混ぜる。

「はい、完成！」

「おぉぉなんだこれにゃ」

「変わっていますね」

「知らないみゃう」

　そうですね。

「これが『マヨネーズ』というソースです」

「「「マヨネーズ」」」

　どやぁ。転生知識をゲットしたら一度はやってみたい定番ランキングベストテンに入る、マヨネーズづくりだ。

　卵の菌の問題があるらしいが、この世界ではあまりそういうのが問題になったことはないので、大丈夫らしい。鑑定君もこの卵は良品だと教えてくれている。

　鶏卵ではなくエッグバード卵だが、似たようなものだ。

　適当にホレン草、タンポポ草、サニーレタスを摘んできたものをちぎって皿に盛った。

「はい。サラダに塩じゃなくてマヨネーズをかける」

「ほーおぉ」

「みゃう」

「ささ、食べてごらん」

「「「いただきます」」」

マヨネーズのサラダを食べる。

「美味《おい》しい」

「美味しいです」

「美味しいみゃう」

どうだ、参ったか。こうしてうちの調味料についにマヨネーズを追加した。

もっと早くやればよかった。


さてウサギを狩ってきたのはほかでもない。

「今日の晩ご飯はウサギの唐揚げです」

「「「おぉぉ」」」

ラニアも今日は食べていくそうです。最近は食べていく頻度が下がってきていた。家でも野菜やいろいろな工夫を実践しているらしいと聞く。

「今日はタルタルソースに挑戦しよう」

「「「タルタルソース」」」

「うん。タルタルソース」

なんでも東方のタルタル族の料理で、肉を細かく潰《つぶ》した料理があったそうな。

生肉のタルタルステーキのことだと思う。

それで卵を同じように潰してマヨネーズを和《あ》えたのがタルタルソースなんだよね、たぶん。

エッグバードの茹《ゆ》で卵を作ったら一センチ角くらいに切って粗く潰す。

キュウリのピクルス、これはこの前密《ひそ》かに作った。酢漬けだからお酢に調味料を加えてある。

さらにみじん切りにしたタマネギを投入。そして塩、コショウで味付けをする。

それらをマヨネーズとまぜまぜしてはい、完成。

「これがタルタルソース」

「うん」

「はい。美味しそう」

「みゃう」

「味見してもいいけど、唐揚げにつけて食べると美味しいので、唐揚げを作ろう」

「「やった」」

前もってお肉に塩、コショウ、ニンニクとショウガのみじん切りを揉《も》みこんでおいた。

さてお時間になりましたので、これを料理していくぞ。

小麦粉と水を混ぜた衣をつけて、油へ投入。とまあ作り方は以前とだいたい同じだ。

コショウが増えたのは違うね。アツアツの唐揚げが完成した。

「マヨネーズでもいいし、そのままでもいいし、タルタルでもいい。みんなはどうする？」

「ミーニャは、一個はそのまま。あとはタルタル！」

「私はタルタルで、お願いしますっ」

「わわ、私は一つマヨネーズ、あとはタルタルで、お願いしみゃう」

「はいはーい」

お皿に盛って、タルタルとマヨネーズを注文通りに添える。

「「いただきます」」

「もぐもぐ、おいちぃ」

「これ、これ美味しいです！」

「美味しいみゃう！」

こうしてタルタルソースもうちのレパートリーになった。

どんどん心の料理手帳に追加していくぞ。

料理ゲームをしていてレシピの解放をしているようだ。

さて少し時間ができた。たまには夜にせこせこスプーン作りの続きをやろう。

ギードさんも、喫茶店が始まってしまったのでスプーンは夕食後しか作る時間がない。

喫茶店とスプーン作り、どちらが時給がいいかはちょっとわからない。

ちゃんと統計を取ってないので、なんとも言えなかった。

喫茶店の売り上げも悪くはない。

一応、喫茶店だけやっていても、ご飯そのものは食べていける。

あとはどれだけ贅沢《ぜいたく》するかだな。

というか領主だったんだから、何か今後の動きも考えがあるのかもしれないし。

ミーニャが大きくなるまでは平和に過ごしたいとか。

エルダニアを見に行ったということは、もしかしたら領主として立つ可能性もある。

再興するのだ、エルダニアを。

支援に出たエルフ騎士団は敗北してしまったけれど、今度こそは。

なんてね。実際のところはギードさん次第だ。


平日のうちミーニャとの非番の日。

「今日はちょっとトライエ市の中で探し物を」

「探し物？」

「乳牛、もしくは牛乳」

「牛乳、ミルクだね！」

「そそ」

ということでトライエ市内のうち表通りではなくて裏のほうを探す。

もしかしたら朝市で普通に売っているのかもしれないが。

朝市をそれほど利用していないので、見当がつかないものも多い。

平日だと朝から学校があるし。朝早く起きるのもだるい。

土日は朝市をやっていない。

チーズは前に買ったので、どこかに牛乳がある可能性が。

家の周り、東地区を探してみたものの、ここにはなかった。

西地区、正確に言えば北西側を探してみたら。

「モーウ、モーウ」

いるいる。この声、間違いない。

近づいてみると数は少ないものの、乳牛らしいものがいた。

白と黒の例のウシ模様だった。

「すみませーん。牛乳分けてほしいんですけども」

「あーはい、ちょっと待ってね」

話を聞いたところ、ここの酪農家では全量のうち半分はチーズに、もう半分はバターにしており、生のミルクは卸していないらしい。

「ミルクは傷みやすいからねぇ。苦情とかも困るし」

「わかりました。ノークレームでいいので、売ってください」

「直接来てくれる人なんて珍しいし、いいよ」

ということで売ってもらえることになった。

全体から見たら大した量ではないので、欲しいだけ買える。ありがたい。

この日は小ビンに十本買って帰ることになった。値段は思ったより高くはない。

さすがに日本よりは高いと思うけど、それは食品全体に言える。

イルク豆と小麦と塩くらいか、安さを実感できるのは。

帰り際、ミーニャがウシを見ていう。

「ウシ！　牛肉!!」

「まぁそうだけど、ウシの数も少なかったし」

「そっか」

ミーニャはお肉に興味津々だもんな。牛肉は手に入れたいものの一つだけど、なかなか難易度が高い。

たまたま飼っているのを解体したとかでないと。あとはバッファローみたいな野生種か。

西の森の奥のほうに集団で生活しているんだったかな。とぼとぼと歩いて戻る。

「みるくぅ、みるくぅ♪　もぅもぅもぅ♪」

ミーニャが変な節をつけてミルクの歌を歌う。

そうして家に戻ってくると、さてここからが本番だ。

ミルクと卵に砂糖を入れてよく混ぜておく。

先に、小鍋に砂糖と水を少し入れて火にかけてカラメルソースを作る。

作り方は知っていても、気をつけないと完全に焦げてしまうので、目が離せない。

「わ、わ、甘い匂い」

「これがカラメルソース」

「ふぅん」

コップのような容器をいくつも用意して、その底に流し込んでおく。ソースが冷え固まったら、ミルクと卵の液体を容器にそっと注ぎ入れる。

それをフライパンに並べて、熱湯を張って蒸す。

容器に入れる前に温めて温度を上げすぎるとその時点で卵が固まってしまう。

これは茶碗《ちゃわん》蒸し、目玉焼き、茹で卵と同じだ。ゼラチンなら逆で温めると溶けて冷やすと固まる。

これはプリンなので、卵のタンパク質が熱で固まるのだ。

「「「ふんふんふん」」」

みんなで鼻歌なんか歌って、楽しそうに蒸しているのを眺めている。

かわいい。また知らない歌だ。解せぬ。とにかくこうして蒸し上がった。

「はい、完成」

「よしぃ、食べていい？」

「冷やしたほうが美味しいよ？」

「ぐぬぬ」

さてミーニャたちが悔しがっているうちに魔法を使って出した氷で冷やしていく。

腹ペコ妖精が今にも襲いかかってきそうだ。

「よし、そろそろいいと思う」

「「「いただきます」」」

一斉にスプーンを手に取って、プリンとの戦闘を開始する。

戦場は激戦であった。

「おいちぃ」

「おいしいいいい」

「おいしいみゃう」

プリン、結構な数を作ったんだけどな。二個、三個と消えていった。

卵の数に制限があるため、あまり大量には作れなかった。

メルンさんギードさんの分をよけてあるので大丈夫だが、あっという間にプリンたちは腹ペコ妖精に食べられてしまいました。

俺は隅っこで一つだけいただいた。

「やっぱプリンもうまいな」

タンポポコーヒーにミルクと砂糖を入れてカフェオレと洒落《しゃれ》こむ。

うん。プリンとコーヒーは合うなぁ。

プリン格闘戦を眺めながら、俺はエルダニアのことをまた考えてみる。

エルダニア再興といっても、まず何から始めたらいいのだろうか。

領民の募集かな。ラニエルダで募集すればついてくる人は一定数いると思う。

でもその人たちを食べさせなければならない。

今エルダニアに残っている人は、領軍の門兵のお世話の人がほとんどで、ほかには例の販売店の店主がいるが、あとはほぼいない。

なにか仕事があればご飯の輸送も可能だけど、あの土地で再び仕事というとなかなか難しい。

まずは宿屋かな。テントの宿はあるけれど旅人は野宿をするので基本的にテントは持っている。

もしくは馬車で寝起きする。しっかりした宿は欲しいかもしれない。

ほとんど見るものはなかったけど一通り見た感じ、領主館は健在でほとんど傷みがない。

領軍はモンスターに街の中へ侵入された後、領主館だけは死守したらしい。

涙を誘う話だけど、その領主は真っ先に逃げたことがのちに執事により証言された。

だから領主館の傷みは少ないんだけど、今は使われていない。

領主館を宿屋にしてしまうというのは一つの答えかもしれない。

どこかの誰かに怒られなければだけど。


俺とラニアが喫茶店エルフィールの当番の日。

「いらっしゃいませ」

「いらっしゃいませー」

女の子の挨拶はなんだかそれだけで、かわいくて好きだ。

「どうじゃ」

立派な服を着たおじいさんが従者と思われる女の子を三人連れてやってきた。

「ふむ。アイス健康茶というのを、四ついただけるかな」

「はーい」

ラニアが明るく返事をする。今日も快晴でおひさまは元気いっぱいだ。

アイスティーは作り置きなので、俺がささっと準備をする。配膳はラニアにお願いする。

「ふむ。風味は悪くないな」

「そうですね、司祭様」

「若い子としてはどうだ」

「これくらいの苦みなら逆にいかにも健康になれそうで、ちょうどいいですね」

「ふむ」

なにやら健康茶に興味があるらしい。うおぉいいいいいい。

――司祭様。

誰かと思ったらラファリエ教会の司祭様ですか。確かに比較的ご近所さんだけど、表通りからわざわざここまで来たんですかね。

「もし」

げ。司祭様がこっちを向いた。

「もし」

「あっ、すみません。俺、いえ私ですか？」

「あぁかしこまらなくてよいよい。俺でいいぞ」

「あ、ありがとうございます」

司祭様は相好を崩して、返事をした。

めっちゃ怖い人なのかと思ってたけど、イメージと全然違うわ。

「この健康茶、おぬしが発案者なのであろう？」

「まぁそうなんですけど」

「スラム街のガキ大将とも話したのだが『俺は難しいことはわかんねぇからエドに聞いてくれ。あいつの発案なんだ』と言うばかりで話にならなくてな」

「あぁそういう」

「どうだ。セブンセブン商会と取引してみないかい。市内はビエルシーラ商店で売っているから手は出さないが、他の町で売ってみるというのは」

あのスプーンと籠《かご》とお茶類を買ってもらっている商店。

じつは結構大型の店らしくて、ビエルシーラ商店っていう名前なのか。

知らなかった。いまだに行ったことがない。ちょっと反省。

だって表通りの貴族街側にあって入りにくいんだ、あそこ。

ドリドンさんちとエルダニア時代から付き合いのある商店だそうで、まあ大手同士仲が良かったのでしょう。

それで市外との取引か。そういう妄想をしたことはあったけど。

まさか司祭様直々に出てくるとは思わないじゃん。一応、別組織なんでしょ。対外的には。

「どうだ？　なにか不満か？」

「いえ、前向きに検討したいんですけど、司祭様直々でいいんですか？」

「なに、行政の都合で別組織なのだけど兼業でね。司祭が商会の支部長を務めている。問題はない」

問題はないってはっきり言われるとさすがに「強い」な。

司祭様だけはある。歴戦の勇士なのだろう。商売の。

本当に問題ないかは知らねぇ。オラおっかねえことに手は出さないんだ。

俺のアンテナ感度的には、濃い黄色が点灯している。

「値段などは、実務担当を呼んで相場の話をしてから決めよう。まずは国内の流通に乗せる。どの都市にも届けてみせるよ。都市の数セブンセブンに懸けてね」

「そう言われてしまうと、はい、それじゃあお願いしてみようかな」

量はものすごく多いと困るという話をして、それは了承を得た。

できるだけ多くという注文だけど、無理は通さないという約束になった。

「売り上げのうち二割をエド君へ。そういう取り決めだそうだから。残りの売り上げがガキ大将のほうでいいね」

「あ、はい。それは」

なんか逆に俺が貰《もら》っていいのか、悪い気がしてくるが。発案者ということになっているんだっけ。

交渉とかも丸投げされてるから、その手間賃だと思っておくか。

今後も間に入ることになりそうだし。


話はとんとん拍子で進んだ。

作業初日。知り合いや上の年齢の子に声をかけたりして、暇人を掴《つか》まえる。

市内で雑用をしていた人の中には、こちらのほうがいいと言ってくれる人もいた。

みんなで草を採って歩く。本当にみんなで。

さすがに採りつくしてしまうほどではないけど、かなりの量になった。

各自、いくつかの拠点の家に持ち帰って干して乾燥ハーブにしていく。

朝に声をかけて夕方には納品だ。このスピード感はすごい。

日本でもこんなことはなかなかしないと思う。

乾燥させて嵩《かさ》が減った草をリュックに詰めて、セブンセブン商会へ持っていく。

「納品に来ました」

「はーい。あらあら、みんなで偉いわね」

「「ありがとうございます」」

ガキンチョ一同がメイドさんに褒められて鼻の下を伸ばす。

綺麗《きれい》なメイドさんに言われたらうれしいよな、わかるよ、うん。

女の子も交ざっているが一緒によろこんでいた。

普段の雑用とかだと怒鳴られたりすることもあるし、やっぱり褒められたらうれしいよ。

さすがに司祭様は出てこなかったが、偉い人が出てきて中に通してくれ、代金をすぐに支払ってくれた。

基本的にはこういう商売は商品と代金の直接交換が多い。

売り掛け、買い掛けは信頼がない人同士ではしないそうだ。

俺とハリスがそれぞれ分け前を貰う。

そしてハリスが参加者に分配していくという流れだ。

外に出るとみんなが待っていた。

「ありがとうございます」

「ありがとうございます」

「ありがとう、お兄ちゃん」

「ありがとうハリス」

「ありがとうございます」

みんなうれしそうにお金を受け取っていく。なんだか俺までうれしくなった。

「では、また次回もお願いしますよ。きっと売れます」

セブンセブンの偉い人が直々に出てきて、ねぎらってくれた。

「次があるのか!?」

「みんなでまたやろうな」

なんだか大事《おおごと》になってしまったけど、こうして夏の初め、ハーブの大収穫祭みたいになったのだった。

教会、セブンセブン商会に納品した翌日。

「エド君、ひどいじゃないか」

俺は非番だったのだけど、お昼の時間に商店のビエルシーラさんが家にやってきたのだ。

「な、なんのことですか？」

「健康茶の街の外での売買、セブンセブンに委託したんだって？」

「ええ、まあ。耳に挟むのが早いですね」

「昨日、商会の前へみんなで行って騒いでいたと報告がね」

「あぁね」

ビエルシーラさんはそれから少し渋い顔をして言う。

「僕の店だって他の都市との売買をしていてね。健康茶には目をつけていたんだ」

「つまり？」

「僕の店で王都方面へ売り出そうと思っていた矢先だったんだ」

「そうだったんですか。それは悪いことをしました」

「まあ、セブンセブンもそこまであくどいわけではないからいいけど」

「そうなんです？」

「やりすぎると教会の顔に泥を塗ってしまうから、表向きは清い商売だよ」

「よかったです」

そっか。裏では本当は何をしてるかわからないものの、表に近い場所では教会の顔があるせいで、いい顔をしていると。

教会の力を見せつけて圧力かけまくってるのかと思ってたわ。

確かにあの司祭様もそんなに権力を笠《かさ》に着て悪いことをする人には見えない。

どちらかというと好好爺《こうこうや》に見える。

「教会側と相談してみますか？」

「うーん。そうだね」

ということで教会へ歩いていって話し合いをお願いしたら、司祭様が暇だというので、その場でセブンセブン商会へ通された。

「では、わしはラファリエ教会の司祭兼、セブンセブン商会支部長のバイエルンじゃ」

「僕はビエルシーラ商店の店主、ビエルシーラです」

「俺は喫茶店エルフィールの仮店長のエドです。元ラニエルダ民です」

「ふむ。それでお話というのは？」

「ビエルシーラ商店も健康茶の市外への流通を検討していまして。その権利の確認と、流通範囲の相談です」

「なるほど」

こうして話し合いは始まった。

まずセブンセブン商会の健康茶の流通は別に専売の権利があるわけではないので、ビエルシーラ商店が参入するのは何も問題がないと確認された。

次に販売先なのだが、セブンセブン商会では国内主要都市への販売を計画している。

すでに納品したものは今朝のランバード便のマジックバッグ輸送で王都へ送られた。

そこでビエルシーラ商店ではトライエ周辺の農村など、小さな町村をターゲットに販路を広げてみてはどうかという提案がバイエルンさんから出た。

ビエルシーラさんは国内の都市での販売もしたいと交渉して、この提案は受け入れられ、ビエルシーラ商店としては国内に限り幅広く大都市から農村まで販売するということになった。

都市部では両商店から販売されるが販売量は多いため、人口を考えれば特にお互いへの悪影響は出ないだろうという結論になった。

「以上でよろしいかな」

「僕は問題ないです。流通の許可がいただけて、感謝しています。司祭様」

「俺？　俺は、あっはい。大丈夫です」

正直、俺は大人たちの会話にあまりついていけなかった。

こういうとき、人生経験の浅さが露呈するらしい。

ただ、二人とも終始和やかに話しているのに、どことなく緊張感が漂っていて、見えない火花が飛んでいたのはわかった。

先にビエルシーラ商店が販売していたのに、相談なく勝手に流通を始めたセブンセブン商会にも落ち度があった。

専売や市外への流通について、最初に俺と話し合わなかったビエルシーラ商店にも落ち度があった。

両方、探られたくない腹を見せるわけにはいかないのだった。

「なにより『健康茶』という名前が素晴らしいな。いままでこんな商品はなかった」

「そうですね。僕もそう思います。健康に気を使う人は多いので、売れるでしょう」

「な、なるほど」

そっか。この世界にはいわゆる「健康食品」という概念がないんだ。
○○が健康にいい、という話はあるけど、あの夜中に通販番組でやってる健康食品というカテゴリーが今まで存在していなかったのだ。
健康を直接訴えるお茶は、なるほどブームになる要素がある。


ということでハリスに相談して、ビエルシーラさんの商店に納品する薬草をみんなで採取した。

「葉っぱ採って、お金持ち！」

「みんなで草採るべぇ」

「お仕事！　お仕事！」

「こんなどこでも生えてる草が売れるんだから、オラは不思議だわ」

子供を中心に人が集まって、健康茶の材料を収穫していく。

セブンセブンの分から数えて二回目だから一回目ほどは盛り上がらなかったけど、そこそこ賑《にぎ》やかだ。

また家々に分かれて乾燥させ、リュックに詰めて納品に行く。

ビエルシーラ商店はメイン通りの南側、貴族街側にある。

メイン通りから南側は貴族御用達の高級店などが並んでいる。

ビエルシーラ商店自体は高級店ではないが大商店なので、この場所なのだ。

もちろん一般の人が入ってもいいけれど、あまりボロい服装だと白い目で見られるのはしょうがない。

俺はお店に出るときに着てる白シャツと青のズボンだ。

大きな看板が出ていて、正面には一級小麦粉、砂糖、コショウなど高級食材。

スプーン、籠、あっこれ俺たちが作ったやつ。

フォーク、ナイフなどのカトラリーや、お皿なんかも並んでいる。

いい品ばかり。さすが大商店だ。そこの側面に荷物搬入口があり、そちら側へ回る。

みんなで中の作業部屋に通してもらい、リュックの中身を木箱に詰め替えていく。

木箱が何箱かな、これでだいたいの重さを量って、本日のお賃金となるのだ。

「エド君、ありがとう。助かるよ」

「いえ、俺は監督だけなので」

実際には様子見を兼ねて採取にも参加したけど。まあ細かいことはいいんだ。

本日のお供はシエルちゃんだ。

「いっぱいとった、みゃう」

「シエルちゃん、頑張ったもんね」

「うんっ」

シエルにもスラム街のお友達ができたようで、よかった。俺たちだけだと寂しいことになる。

こうして代金を貰う。俺は二割の権利の料金を金貨でいただいた。

プール金がまた増えて、俺のほっぺたもハムスターみたいに膨らむというものだ。

十章　ゴブリン・スタンピード

土曜日。みんなでエクシス森林に行こうと思う。

森探索もだいぶ慣れてきた。いろいろな植物を採って歩く。

ブドウの木を発見したけど、もうシーズンが終わりなのか果実は残念な感じになっていたので、採れなかった。

「むぅ、ブドウジャム食べたかったにゃ」

「まぁまぁ、季節には勝てないからな」

ご機嫌斜めのミーニャを撫《な》でる。

「ふわぁ、にゃうにゃう」

撫でると途端に目を細めてご機嫌に戻るという。ちょろいやつめ、うりうり。

「ゴブゴブ」

お、ゴブリンだ。数は四。みんなで攻撃する。ミーニャも杖《つえ》で殴ってくれる。

シエルも今はメイス装備になっているので、参戦してみんな一対一でこちらが優勢。

すぐにラニアがファイアで一匹仕留めると、すぐに形勢がはっきりして、順次撃破した。

「ゴブリンでしたみゃう」

「おう、そういえば実戦は初めてだっけ」

「はいみゃう」

みゃうみゃうことシエルちゃんも思ったよりは平気そうだ。

最初、俺なんか、ゴブリンの恐怖におびえる引きつった顔が頭から離れなくてな。

あいつら、怖いと思ったものだ。だいぶ俺たちも成長した。

そうしてやや北側の奥のほうへ進んでいく。こちらのほうへはあまり来たことがない。

「わ、わわああ」

「綺麗《きれい》ですね」

「みゃう！」

みんなが感激しているのは大木だ。

【メタセコイア　植物　良品】

メタセコイアという木で、てっぺんが、すげぇ、ずっと上のほうにある。

こんだけ高ければ遠くからでも見えそうだ。

大木の陰になる範囲には木が生えておらず、知らないキノコなどが群生している。

「見て見て、これ、フェアリーリング！」

「お、おう」

「不思議ですね」

「みゃぅぅ」

俺も見るのは初めてだ。

現代の理論で言うところのキノコの菌糸が輪状に広がって、キノコが輪になって生えている。

伝承ではこのリングを通ると妖精に異世界へ連れていかれてしまうと言われている。

しかし、往々にして異世界では違う理由とかがあったりするのだ。

よくよく見ると、フェアリーリングの中心にピカッと光る紫の石がある。

拾ってみる。鑑定。

【ブラッディーベアの魔結石　魔石　良品】

おう。これ金貨になるよな、たぶん。大きな魔物の魔石といえば金貨の価値があると思う。

値段は珍しさと強さによって倍々に増える。

比例とかじゃないんだよね。だから値段が一桁ずつ増えたりするんだ。鑑定。

【ブラッディータケ　キノコ　食用不可（毒）】

お、おう。このフェアリーリングに生えている笠《かさ》が赤いキノコ。柄《え》は白い。

血を吸いそうな名前だけど、ひさびさに頂きました「毒」。

はい、食べるな危険。危険がいっぱい。

めっちゃ美味《おい》しそうな見た目しているんだよな。タマゴタケにそっくりだ。

まぁそういうとベニテングタケにも似ているわけだけども。

ベニテングタケは毒成分が強烈な旨味《うまみ》成分でもある、罪なキノコちゃん。

一度食べてみたいがおすすめはしない。絶対うまいよ、死にかけるだろうけど。


さてここをランドマークとして覚えておいて、もう少し進む。

「わわ、綺麗。すごーい」

「綺麗ですね」

「みゃうみゃう」

今度は木がない空き地に出たのだ。一面、お花畑。すげえ。

薄青い花が辺り一帯に咲き乱れているのだ。一応、鑑定。

【アオヒナゲシ　薬草　良品】

こういう僻地《へきち》に生えてる薬草は良品が多い。

「あぁアオヒナゲシですかぁ。微妙ですね。確か麻酔薬に使うんでしたっけ。あまり扱える薬師が多くなくて、でも高い薬草ですね」

「いえいえ」

「ありがとう、ラニア」

とりあえず十本くらい採取しておくか。買い取ってもらえるかは微妙そうだけど。

もしくはうちのメルンさんに見てもらうか。

「わーい、にゃああ」

「みゃぅぅうう」

またミーニャとシエルが走っていく。というかうまい具合に花を踏まないで走ってる。

よく考えると結構難しいのでは。

「かわいいですね」

「そうだな」

またいつかの再現のようだ。あのときは黄色い花だったけど。

今度は青いお花畑だ。天国みたいだな。金髪少女と銀髪猫耳幼女がお花畑で戯れている。

「あっ妖精さん」

「えっどこ」

「ん？」

俺たちも一斉にミーニャが指差す方向を見てみるが誰もいない。というかサイズもわからない。

もしかして二センチとか言わないよな。ちょっと距離があり人間の視力はそこまでよくない。

ミーニャならエルフの血で見えるのか。獣人のほうが目そのものはいいと聞いたことがある。

エルフも負けないくらい鋭いんだっけ。でも気配察知だったような。

エルフは魔力視といって、魔力が見えるという話もあるし。うむ。

ここもチェックポイントにして、さてルートを変えつつ戻るか。みんなに集合をかけて戻る。

「わわ。こっち、こっち変な感じするにゃ」

気がついたのはやはりミーニャだった。ミーニャの案内で着いた先は、くぼみ。そう、くぼみとしか言いようがないところ。中にはコケ類がびっしり生えていて、小さなキノコもぽつぽつ生えている。

なぜか紫の小さい石がいくつも落ちている。拾って鑑定してみる。

【スライムの魔結石　魔石　良品】

ふむ。これも良品か。いくつもあるので集めたら二十個近くある。全部良品。

もしかしてここで繁殖したのか？　なんで死んだのかはわからないけど、もしかしてスライムのお墓なのだろうか。

「確信しました。ここは魔力だまりですね」

ぽつりと閃《ひらめ》いたのかラニアが教えてくれる。ラニアは結構物知りだ。

親が護衛専門の冒険者の類《たぐい》なので、そういう知識については詳しい。

しかも貴族の端くれなのか、一般知識もわりあい知っている。

「あぁ、魔力だまりね」

「エド君、知ってたの？」

「いや、名前だけ」

魔力だまりといえば、ファンタジー小説ではわりと出てくる。これが大きくなるとダンジョンになったりする。あまりいい噂《うわさ》は聞かない。

「健康に悪いとかないの？」

「さぁ、そこまでは私も」

「そっか」

知らないということはそこまで問題はないのだろう。

「ミーニャ、祝福一応、お願い」

「わかったにゃ」

「ラファリエール様、私たちをお守りください」

ミーニャが聖印を切る。あっ、なんか空気感が変わっていく。

色で言うと紫っぽい感じがどんどん薄くなって黄色くなってきた。

こういうのは魔力視の一種というか、魔力感知なのだろうけど俺にも本当になんとなくわかる。

人間誰しも、少しでも感じるものはあるだろう。

教会でもこの黄色い感じがあるので、これが祝福の色、聖属性っぽい。

気がつくと黄色いチョウチョウもヒラヒラと飛んでいる。ただのくぼ地に、だ。

現代風に言うならマイナスイオンを感じる。なんかそう言うと俗物的っぽくて、そうじゃないんだけど、これは表現しがたい。

そして帰り道。


ここからが問題だった。エンカウントする。ゴブリンと。その数六回。数は一匹から四匹まで。

その都度戦闘になり魔石は回収したものの、なんだか疲れた。

このメンバーではもはや苦戦はしないものの、精神的疲労は溜《た》まる。

冒険者ギルドに魔石の換金に行ったのだが、ゴブリンとの戦闘の回数を驚かれた。

あとブラッディーベアの魔石は素直に拾ったと申告した。

お値段は金貨十五枚。ひゃっほい。

これで話が終わればいいんだけど、このゴブリンとの戦闘、前哨戦にすぎなかったのだ。


俺たちがゴブリンと戦闘して数日後。

「なぁ、聞いたか？　ゴブリンの話」

「ああ、ゴブリン警報だっけ」

「そうそう、ゴブリン警報だな」

学校ではこの話で持ちきりだ。こういう噂話を集めるには学校はちょうどいい。

最近、ゴブリンが頻繁に森で目撃されるようになった。

前の倍以上の数が徘徊《はいかい》していることが確認されている。

皮肉なことに、第一報は俺たちのパーティーだったのだ。

ゴブリンは一度増えだすと、急激に増殖することがある。

トライエ市はついに昨日のお昼に御触《おふ》れを出した。

『領主ゼッケンバウアー伯爵の名においてトライエ市にゴブリン警報を発令する』

ラニエルダでも当然、問題になった。というかラニエルダ民はバリバリの当事者なのだ。

領主が作っているラニエルダ防壁はまだ半分もできていない。

「防壁、間に合わなかったな」

「ああ」

「間抜け領主だな」

領主の判断があと一年でも一か月でも早ければ、よかったのに。

たられば、とはわかっていても、愚痴を言ってしまう。

さすがに領主がハーピー連絡員を飛ばして、王都や各都市へ第一報と支援要請を出した。

すでに一番近い西の町ドラクシアから傭兵《ようへい》が十人程度駆けつけてくれていた。

広義の領軍には正規軍である騎士団と平民からなる一般兵団、そして傭兵団がある。

傭兵団は通常時はかなり人数が少ない。

やばい空気を感じ取った人が集まってきて集団をつくる。

騎士団は正社員。傭兵団は派遣社員、もしくはバイトだ。

騎士団の装備は支給品だけど、傭兵は自前などいろいろと違うそうだ。

学校は警報が出てから休校になっている。

子供たちは相変わらずハーブの収穫をしているけれど、乾燥作業は担当の数人だけが行って、他の子供はエドのうんち戦争さながら模擬戦を始めた。

「うりゃぁ」

「ていやぁ」

「おっと、隙《すき》あり！」

まあチャンバラごっこから始めたにしてはできるほうだ。

あれからずっと練習をして、そこそこ上達した子も何人かいる。

そういう子が集まって、俺たちみたいな冒険者もどきパーティーを結成している。

ただし女の子はスラム街に少ないので、ほとんどが男所帯となっていた。

彼らの装備だってつい最近、鉄の剣になったばかりだった。

年齢は俺たちよりいくつか上だった。

防壁工事は急ピッチで作業しているものの、人数を増やさないとなかなか進まない。

でも予算の関係もあり数人しか増えていない。

その代わりラニエルダ防壁の新東門、新北門、北東門の三か所に仮の見張り台ができた。

台の上から見ると、切り株の草原が一望できる。

これならゴブリンが森から出てきたら、第一報を素早く伝えられる。

鉄の板と金槌《かなづち》を設置して、警鐘を鳴らせるようにできている。

あぁ本来の警鐘ってこれのことなんだな、とか場違いなことを考えたりして。

あの火事のときに鳴らす鐘のことだ。

こうして門には傭兵団も配置され、冒険者もギルドに詰めるようになった。

準備は進んでいる。

しかし、一日、二日と過ぎてもゴブリンはあふれてこなかった。

ベテラン冒険者が森での偵察をしているが、通常の倍くらいのエンカウントは続いているものの、それ以上は増えていない。


そして一週間。ゴブリン警報はゴブリン注意報に格下げになった。

緊急で手配した冒険者も、一週間なにもないことにしびれを切らして何人かが去っていった。

そうしてまた今日も通常の仕事に戻る人が増えている。

「俺は今からでも兵を増強したほうがいいと思うんだけどな」

「エドもそう思うか、俺もだ」

「そう言ってくれるの、もうハリスくらいしかいないんだが」

注意報になると、学校も再開されることが決まった。

相変わらずアルファベットの歌を歌ったり、簡単な掛け算の練習をしたり、一見平和な学習が続く。

しかし俺は知っている。ギード先生が、ゴブリン警報になってから腰に剣を差したままなのだ。

エルダニアへ視察に行ったとき以来だと思う。注意報になっても剣は相変わらず装備している。

ギード先生も不穏な空気を感じ取っているのだ。

もしかしたら高貴なエルフには遠くに集まっているゴブリンの気配を実際に感じられるのかもしれない。ギードさんは何も言わない。言わないけど、態度は「赤信号」に限りなく近い黄色だ。

実際、冒険者ギルドでも警戒態勢はまだ解いていない。

注意報が発令されたままなのも、十分脅威だ。ただし待機している冒険者は日に日に減っている。

ラニエルダ青空小学校では、ゴブリン警報解除のお祝いと称してウサギ肉が振る舞われた。

実際には警備で見張り山へ行った帰りのパーティーがご馳《ち》走《そう》してくれたのだ。

警備というのはもちろんゴブリン注意報のためなので、何も安全にはなっていないのだ。

集まった大人たちはウサギ肉を焼いたものを食べながら会話している。

「お肉おいしぃ」

「肉だよ、肉」

「安全になった証拠だな」

「今日も一日平和だったし」

「もうゴブリンとか来ないんじゃないの」

　大人たちも、子供たちと同じで楽観視していた。

　数日後、傭兵団も半分が帰ることになったらしい。

　西のほうが少しきな臭いからという理由で。西のほうは人間同士の戦争のようだ。

　大きな戦争はないけど、たまに勢力争いの小競り合いみたいなことをしている国がまだある。

　北のエルフ国、ティターニア聖国でも数年前にサルバトリア公爵領を占領した後、誰がその地を新しく治めるかで揉《も》めている。

　ただし表立っての戦闘行為はほぼない。

　政治の舞台でバチバチやっているらしいので、俺たちの知らぬことだ。

　ただギードさんたちには関係ありそうなので、要注意だった。

　という感じに警戒が緩んできた水曜日。それは学校が終わる直前だった。


　カンカンカンカンカン……。

　ラニエルダの警鐘が新北門から鳴りだした。それを受けて、今度は北東門、新東門からも同じように鐘の音が鳴り響く。俺たちの間に緊張が走る。

　ついにゴブリンが大群で押し寄せてきたのだろう。これを俗にこう呼ぶ。

　――ゴブリン・スタンピード。

モンスターのうちゴブリンによる暴走スタンピードだ。

俺たちは学校が終わる直前だったため、急いで準備する。

といっても戦闘職はみんな装備を持って学校に来ているので、すぐだ。

「おら、ガキンチョパーティーいるか。お前らは新東門へ」

「東門？　北門じゃないの？」

「ばーか。敵は北から攻めてきてるが、広がっている。最後尾は東門側になりそうだ」

「わかりました」

先輩冒険者だ。というか、いつだったか俺たちの世話をしてくれたあのおじさんだった。

つまり俺たちは後方待機ということなのだろう。新人に先頭をまかせるバカはいない。

「傭兵どもは半分もう帰っちまったぞ」

「くそ、戦力は少ないが、俺たちがやるしかない」

なんだか不安な声も聞こえてくる。

俺たちと他のガキンチョパーティーがとぼとぼと新東門の下に集まる。防壁の完成率は五十パーセントといったところ。壁としては少しだけ機能しているが、隙間から入り放題だ。

特に北側と東側から中央へ向けて工事しているので、この学校付近は丸坊主なのだ。そこを避けてあえて東門へ俺たちを配置する。まあ前線から遠ざけるという当たり前の判断だった。

防壁に登って遠くを見ると、いるいるゴブリンだ。その数、ちょっとわからない。めちゃくちゃ多いというほどではない。しかし普段の何倍もいる。

俺たちのパーティーだけでは無理だ。冒険者が城内から走ってきて参加してくれる。ありがたい。

騎士団と傭兵団は北門側のほうへ行ったようだ。先頭集団が衝突するのが遠くからでも見えた。

「よし、作戦通りで行こう。ラニア、ファイアボール」

カンカンカン。カンカンカン。カンカンカンカン。

警鐘の打ち方を変更する。警告だ。ファイアボールの。

以前、『エドのうんち一週間戦争』で全員の戦意を刈り取った『悪魔の所業』、ファイアボール。

実戦で使うわけにもいかず、宝の持ち腐れなどと噂されていたが、使い道があった。

同じように全体への威嚇《いかく》攻撃にぴったりだと判断されたのだ。

「紅蓮《ぐれん》の炎よ我が手の前に集いたまえ――ファイアボール」

いつかの再現だ。なんか前のより大きい。

「あちぃ」

それが新東門の上から新北門の少し北側、全体の上を通過していく。

もちろん地面に落としたりはしない。誰かが死んじゃうので。

前は子供がちびったけど、知らないとこれはマジでびびる。今度は俺たち全員の味方だ。

「すげぇ」

「ファイアボールいけぇえええ」

「うおぉぉおぉぉぉ」

「かっけえええええ」

子供たちは歓声をあげて見送った。騎士団も手を上げて応えている。

傭兵たちはおっかなびっくりだが、それでも両手を振り上げたりして、応答した。

ゴブリンの集団が明らかに混乱状態になった。

「やったな、ラニア」

「ラニアちゃん……」

「ラニアちゃん、みゃう」

それじゃ次のターン。もちろん俺たちのターンだ。

「ミーニャ、祝福を」

「はいにゃ！」

ミーニャが祝福を掛ける。その範囲、新東門から新北門までの全体。

そんな全体入るのかよ、と思うじゃん？　入るんだ。そういうふうに思考さえできれば。

ミーニャの負担はかなり大きいが、レベルアップもしているし、なによりエルフの血の濃さは折り紙付きだ。

本人ができるって言うんだから信じるしかない。俺が信じなくてどうする。

「ラファリエール様、私たちをお守りください」

ミーニャが聖印を切る。俺たちトライエ市軍に祝福の金色の粒が舞い散った。まるで神の体現だ。

「うぉおおおお」

「わわ、うおうぉぉ」

「ラファリエール様のご加護の下に……」

キン、コン。キン、コン。キンキンコン。キンカンコン。

今度はシエルの『祝福のベル』が鳴る。最初演奏したときより曲が複雑かつ精密になっていた。

ミーニャとシエルの祝福はいわゆる掛け算の関係らしくて、ブーストが掛かる。

ゲームだったら効果が掛け算でバフとかかなりヤバいが、ここは異世界で文句を言うプレイヤーはいない。

「おぉおおおお」

「きた、きたきたきた、祝福だぁ」

「ラファリエール様のご加護が我々の味方だ、続け！」

「「「うぉおおおおおおお」」」

東門側だけでなく、祝福のベルも北門近くまで届いたらしい。雄たけびが聞こえる。

貴族御用達の魔道具だけはある。前に五十人規模に使うと言った。それを愚直に適用したに過ぎない。過ぎないのだが、そんな場面はめったにないわけで。

さて俺たちも出動しよう。俺だけ支援の出番がない。

まあいいんだ。勇者は最後に現れると相場が決まっている。

演劇の演出で言うところの、デウス・エクス・マキナというやつなので。

ゴブリンの小集団が東側のほうへも流れてくるのが見える。

「目標視認！　行くぞ」

「「おおぉおお」」

俺たちも剣を構える。文字通りゴブリンを剣で倒していく。

騎士のビーエストさんを覚えているだろうか。配置転換なのかトライエ市内勤務になったらしく、ちょくちょく喫茶店に遊びに来て、その度にアイスティーを飲むついでに俺を鍛えていく。

そんなこんなを繰り返していたので、俺もだいぶ様《さま》になってきた。

自画自賛だけど、俺も強くなったのだ。

「エクスプローラー流剣術！　二の型」

シュパパパンと剣を振るう。

「エクスプローラー流剣術！　三の型」

シュピーンと剣を突く。剣筋が明らかに前と違う。

型を再現しているだけだ。それだけなのに、思ったように剣を振るえる。

そうしてあらかた戦い終わって敵が減ってきて、もう少しというところでボスが登場した。

「なんだあいつ」

「おい、弱い自覚があるやつは逃げろ。いいから、逃げろ！」

「やべーなあれ」

何人もの冒険者を負傷させたゴブリン中のゴブリンがいた。

少し離れていても鑑定は使える。よかった。

【ベルケ・ドメンドル

25歳　オス　Ｃ型　ゴブリンキング　Ｂランク
ＨＰ５０５／５０５　ＭＰ２２３／２５７
健康状態：Ａ（健康）】

一丁前に健康だぜ。さすがボス。あとゴブリンなのに名前がある。へぇ。

こういうのをネームドモンスターというらしいが、この世界で見るのは初めてだ。

「グワアアアア」

ゴブリンキングの咆哮《ほうこう》だ。幾人かの冒険者が恐慌状態になって、動けなくなってしまった。

くそっ、状態異常デバフだ。効果が及ばなかった人が恐慌状態になった人を引っ張って逃げていく。

まさか東門にボスが出るとはな。主力が北側だったから、こっちは手薄だし騎士団なども北側だ。

ビーエストさんも北門側で戦っているはず。

こちらは後方という認識だった。ボスには完全に裏をかかれている。

この辺でこいつの相手をするのは……あれ、俺たちのパーティーしかいなくね？

他のパーティーはもう完全にやられたか撤退してる。

現状、一番近くて勝てそうなのは唯一、俺たちだけ。

俺たちのすぐ後ろにはガキンチョパーティーが生存しているが、あいつらには無理だ。

「――やるしかないのか」

「え、エドがやるの!?　ミーニャも応戦する」

ミーニャが近づいてきてちゅっとキスをしていく。

するとすぐにラニア、それからシエルもキスをしていく。

あっ、もしかしてこれ「天使のキス」とかいうバフじゃないですかね。ありそう。

確認しなくても、頭がいつもよりクリアだ。今まで剣術の稽古もした。強くなった自信はある。

己惚《うぬぼ》れるつもりはない。ぎりぎりかもしれないけど、勝てるはずだ。

「うりゃあああ」

俺はゴブリンキングに突っ込んでいく。まずはフェイント。続けてフェイント。さっと攻撃を避《よ》けて一撃を入れる。

「ぐわぁああ」

ちょっと痛かったらしく軽く吠《ほ》えるものの、まだ健在だ。ＨＰはかなり多い。

大イノシシより少しＨＰが多いくらいでなんだってんだ。しかしこいつ、Ｂランクなんだよな。

「強いが、まだまだだ」

フェイント、剣、剣、フェイント。織り交ぜて攻撃と防御をこなす。こういう戦闘は初めてだ。

一瞬、間ができる。

「ファイア！」

ラニアのファイアの合いの手が入る。また剣、フェイント、剣と攻撃する。訓練ではしたことがあっても、真剣でやりあったことはない。よし、このタイミングだ。

「エクスプローラー流剣術、サンダーブレード」

雷が宙を舞う。その名の通り、雷をまとった俺の愛剣「クイックカッター」。

カッターナイフみたいな名前だが、舐《な》めてはいけない。

効果「魔法付与：切断」はこういうとき、正しく当てられれば効果は絶大だ。

「ぐおぉおおおおおおお」

俺の剣が二回り以上大きいゴブリンキングを切断していく。

「おりゃあああああ」

俺は剣を上から下まで、振り切った。ゴブリンキングが縦真っ二つになって倒れていく。

ドスン。

巨体のゴブリンキングが大地に倒れた。

「やった！　にゃぁあ」

「やりましたね。エド君」

「みゃう、やったやった、みゃう」

みんなが俺に飛びついてもみくちゃにしてくる。

「ちょっと、みんな、くるしい、くるしいから」

「「「エド～～」」」

どさくさに紛れてちゅってしたり抱きしめたり、愛情表現がいつもより強めだ。

こうしてボス、ゴブリンキングをなんとか打ち倒した。

冒険者や傭兵はゴブリン相手に死者を出さずに済んだようだ。たかがゴブリンされどゴブリン、怪《け》我《が》を負った者は多い。ラニエルダの被害は軽微に終わった。

トライエ市内に被害はない。

こうして、また俺たちは日常へ戻っていくのでした。

十一章　戦後処理と後夜祭

あれだけいたゴブリンが全滅した。ゴブリン・スタンピードを制圧したのだ。

ゴブリンキングがほぼ最後だったのか、その後は残党を散発的に倒して勝利を収めた。

敵の掃討を確認した騎士団が笛を吹く。するとあちこちから勝利の雄たけびが聞こえた。

「うぉおおおお」

「われらの勝利だああ」

「女神様、ありがとうございます」

「ラファリエール様、ありがとうございました」

モンスターの中ではゴブリンは弱い。

スタンピードの中でも弱い魔物ではあるが、小さな町であれば全滅することもある。

以前エルダニアを襲ったのはモンスター・スタンピードといって、一番恐ろしいタイプのスタンピードだ。

特定の魔物ではなくあらゆる魔物の混成部隊が襲ってくる。

ゴブリン、コボルト、オーク、オーガ、トロール、ハーピー、などが確認されていた。

すわ魔王軍の襲来かと思う人もいたが、魔王領はずっと遠いので、違うとされる。


今回は実質的な被害は軽微だ。怪我《けが》人は多いが、大怪我の人は少ない。

たかがゴブリンされどゴブリンとはいえ、重傷者が少ないのは幸いだった。

あと死者も確認はされていない。

これは領主令で「命は大切に。怪我したらさっさとひっこめ」と忠告されていたことも大きい。

あの領主、ちょっと抜けているが頭は切れるほうだ。

ただタイミングに関しては、あまりよろしくない。防壁も間に合わなかったし。

警報は解除して注意報にしちゃうし。傭兵《ようへい》も半分は帰っちゃうし。

その後は戦後処理をすることになった。まずまだ元気がある下っ端は、片っ端からゴブリンの死体を剥いで皮と魔石を回収していく。こういう近場で出たゴブリンの皮はなめして干した後、俺たち御用達の安い靴や鞄《かばん》などの材料にされる。

スラム街のテントの半数もゴブリンの革製だと思う。

ゴブリン肉はめちゃくちゃ不味《まず》くて少なくとも人間は食べない。ゴブリンキングからなら肉も多く取れそうだが、不味いものは仕方がない。スラム民でも避けて歩く。

オオカミとかイヌはバクバク食べるので、ペットフードにされることが決まった。

ちょっと量が多いので乾燥させて、いわゆる「ジャーキー」に加工されるそうだ。

領内の農家や商店がてんてこ舞いになって今、人員を集めている。

「おい、キングの魔石だ」

「でけぇな、おい」

俺たちも残存しているペーペーにカウントされているのと、キングを倒した当事者なので、ゴブリンキングの解体をさせられている。

本当はギルド職員が派遣されてくるはずだったのだが、忙しすぎて連絡がつかず、どっかで何かしているらしい。

俺はそっとゴブリンキングの魔石をアイテムボックスに収納する。

スられたらたまったもんじゃないので。金貨二十枚は堅い。もっとするかも。

俺たちが倒したので俺たちに所有権があるのは確認してある。

さてキングの処理が終わったので、俺たちはささっと解体の前線を離脱する。

俺たちにはあらかじめ領主から直々に命令書が出されていた、秘められた仕事がある。

いわゆる『飯の冒険者』。

普段は『剣の冒険者』だが、今回は飯炊き係に特任されている。

今回ぽっきりという名目だが、わかったもんではない。

トマトや各種野菜はすでに領主館から送られてきたのを収納してある。

あと鍋。デカいのをいくつか領主館が貸し出してくれた。

それから魔道コンロ。こちらも業務用の移動コンロを四つばかり。

ということでラニエルダ青空小学校の前に陣取って、学校のコンロと合わせて「トマトスープ」を作っていく。

最近密《ひそ》かに溜《た》めていたエルダタケを涙を流す勢いで入れる。

くそっ、まあみんなが美味《おい》しく食べてくれるのはうれしいが、自家用にしようと思っていたのにこの命令ですよ。

キノコは自家用だ！　と主張したが、それなら兵士を貸してやると言って、エルダタケ大捜索になったのだ。

まだゴブリン警報発令中で警戒態勢の中、兵士が警備を兼ねて草原を歩き回ったのだった。

結果、数は揃《そろ》ったがぎりぎりで、俺の自家用分も投入するしかなかった。

その代わり大量のトマトとキノコの旨味《うまみ》スープができた。

他にも何軒かテントが出ていて、調理作業をしている。

当たり前だが、これだけの人数相手に俺たちだけに料理をすべて丸投げしてくるほど領主は出来ない人ではない。

テント群の前には、ゴブリンの襲撃で少しだけど壊れた家とか外の折れた木などが集められ山にされていて、それに火がついている。

いわゆるキャンプファイアになっている。地球では昔よくあったと聞く。この雰囲気は後夜祭だ。

「はーい、みなさーん。領主公認、トマトスープですよぉ」

「「うおおお」」

「「おおぉぉお」」

男たちの野太い声がスラム街の外の平野に広がった。お皿も領主館持ちだ。

洗うのは俺たちなのだが、何人かお手伝いさんが来ているので、なんとか回す。

「おぉなんだこれ、うま」

「うまうま」

「トマトうめぇな」

「これがトマトスープってか。前食ったのと全然違うんだが」

「これが領主様のトマトスープかあ、すげえうまい」

「領主の野郎、こんなうまいもん、普段一人でくってんのか」

「あいつっ……」

「くそ領主め」

「うまい、うまい。おかわり？　え、おかわりないの？　一巡してから？　わかった。並ぶ並ぶ」

行列ができる。スープをみんなばくばく平らげていく。

野菜は小さめにしてある。スプーンすら使わないで、直《じか》飲みの人も多数いる。

「おいしー」

「すごいわ」

「うちの旦那もこれくらい作れればねぇ」

「きゃはは」

女の子も結構交ざっている。なんか愚痴も聞こえるが、聞かなかったことにしよう。

このトマトスープ。

偶然の産物なのだが、トマトとエルダタケの旨味成分は合わさると、万倍うまい。

問題はエルダタケの鑑定料が高いのと、素人が未鑑定で食うと死ぬってことだな。

自分で鑑定できれば問題ないのだが。

俺はひっそりひそひそ使っているから大丈夫だが、バレたら領主にさ、
『エド、お前は一生キノコでも採ってろ。キノコ男爵に特任してやる』
って言われそうな件だな。値段が高いから悪くはないが、専売できればの話だ。

同業者が出てくると、稼ぎが一気に減る恐れがある。

さて、こうしてトマトスープを関係者一同に振る舞って、『飯の冒険者』の任務を遂行した。

指名依頼扱いなので、冒険者ギルドからの評価も上がったことでしょう。

他のテントではパン、干し肉、ドライフルーツなどを配給していた。

スープも何種類かあった。それから西の森のオオカミ肉が振る舞われていた。

あとビエルシーラ商店が健康茶の無料露店を出していたのは確認した。

あのビエルシーラさんもちゃっかり仕事している。無料配布なのも憎いところだ。

茶葉の購入にはお金がかかっているだろうに、これはいい宣伝になる。

今、健康茶は知る人ぞ知る密かなブームだ。

本格的なブームになれば一気に黒字確定、あとはボーナス倍ドンが約束されていると。

こうしてお披露目できる機会はめったにないだろう。しっかり押さえるところは押さえるのだ。

そして余裕の表情で従者の少女連れで視察に来て、ちゃっかり健康茶を飲んでいく司祭様にも目ん玉飛び出るかと思った。

門の外へほいほい来ていい身分ではないだろうに。

* * *

家を借りるとき身辺調査があると前に触れたと思う。うちの家主は俺になっている。

ギードさんは俺が身元保証人で、うちの居候という扱いになっている。

これでギードさんは詳しい身辺調査を免れている。

ミーニャとその母親メルンさんはギードさんが身元保証人だ。で俺はというと、元々は母のトマリアが身元保証人。

でもいなくなってしまったので、今はドリドンさんが身元保証人なのだ。

あのおっちゃんには実はお世話になっている。だからこれくらいの家が借りられる。

俺本人のギルドでの取引記録も悪くないし、素行調査も問題ない。というふうになっているのだ。

ギードさん一家がエルフでちょっと訳アリなのは、ギルド長などは知っているはずだ。さすがにバレていないとは思っていない。

前は何とも思っていなかったが、ティターニア聖国のサルバトリア公爵その人だと判明したので、線が一本につながった。

少し前、それは教会組織についての授業だった。

ギードさんは当事者の一人だが第三者視点で的確に状況を生徒に説明した。ギードさんがエルフなのは一応秘密でフードをかぶっている。人族でも金髪はいるので、別におかしくはない。

あとフードを取らない人も多い。特に年配者のハゲてる人とか。

「エルフ国の教会にはラファリエ教会とティターニア正教会があるんだ」

「そうなの？」

「うん」

ミーニャが不思議そうに聞いている。

ラファリエ教会ができたのははるか昔のことだった。そしてティターニア正教会ができたのも同じくらい古いとされる。今となってはどちらが古いか判別は難しい。

エルフ国にさえよくわからないのだから、ヒューマンごときにわかるわけなかった。

ティターニア正教会はエルフ国のティターニア聖国に本部があり、ずっと昔はティターニアの王家も信仰していた。

ティターニア正教会ではエルフは人間よりも上の立場で、人類を導く存在とされる。

ラファリエ教会はエルデベリム教国に本部があり、こちらは人間が多く信奉している。人類はみな平等がモットーだ。ただし実際には獣人は下に見られる。

我がメルリア王国も当然ラファリエ教だ。そこで「元祖」「本家」戦争が勃発《ぼっぱつ》して、何度も戦闘行為をしてきた。エルフ対人間の戦争、紛争は長く続いた。

しかし八百年前、ティターニア王家が「戦争は不毛である」と決断を下し、ラファリエ教に改宗したのだ。裏王家ももちろんこれに合わせた。

これが世にいう「教会宗派不毛宣言」なのだそうだ。

しかしパンピーのハーフエルフは自分たちが人類より格上で導く存在なのだと今も信じている。

というか信じて疑わないし、そうでないと自尊心が満たされない。

そのためティターニア聖国の諸侯の多くは今でもティターニア正教会からの改宗を拒んでいる。

かれこれ八百年。ずっとエルフ国はこの国内問題を解決できていない。

サルバトリア公爵領の教会派と諸侯の正教会派は仲が悪いということだ。

それでもってトライエ市はもちろん教会派なので、当たり前だがサルバトリア公爵領ゆかりのエルフたちを情報隠蔽《いんぺい》して保護してるのだ。

だから領主も、エルフ国の諸侯からサルバトリア公爵領から逃げてきた貴族を逮捕しろと逮捕状一覧をもらっているが、全無視して知らん顔をしている。どうせ山向こうだ。

サルバトリア公爵領の精鋭エルフ騎士団と違って山を越えてまで攻めてこないだろう。と街では噂《うわさ》されている。だからトライエ市にはエルフさんも思ったより多くいるのだが、中にはサルバトリアから逃げてきた訳アリが何人もいるらしい。

このことは市民外にはタブーである。ここまで一般常識なのだそうだ。

なるほどスラム街にいると知らないことも多い。

ギード先生の歴史、地理、政治の話は当事者だけあって詳しくて面白い。

面白いとか言ったら悪いかもしれないが、興味がないよりはましだ。

ミーニャはあまり関心がない様子。鼻くそは今日はほじっていない。

ラニアは前傾姿勢で興味津々で目を丸くして耳を立てている。

シエルもふんふんと一応聞いてはいるが、かわいい右耳から左耳へ抜けていってそうだ。

つまり領主、ギルド長など少数の偉い人には、ギードさんたちがいることは黙認されているのだ。

詮索《せんさく》しないようにしているのだろう。知らなければなんということもない。

それなら近所さんは、知ってても「俺らは知らない、わかんない」で通せる。

喧嘩《けんか》を売っているようだが、トライエ市から見たら隣のエルダニアを支援してくれた人らを保護するのは当たり前だし、逆にそれを反逆罪と言って攻めてくる人たちと仲良くする理由がない。

敵に塩を送る理由は何もなかった。

そこで街にいるエルフが教会派なのか正教会派なのかが問題になってくるというわけだ。

◆ ◆ ◆

後夜祭の終盤。

「君がゴブリンキングを倒したっていう、黒髪黒眼のエド君か」

「え、あ、はい」

「若いけど、なかなかやるようだね」

「あ、どうも、ありがとうございます。死に物狂いでしたけど、なんとか」

「謙遜もちゃんとしている。こりゃ大物になりそうだな。頑張って」

お兄さんがいきなり話しかけてきた。この人、珍しく俺と同じ黒髪黒眼だ。

「僕はマーク・エリンドン。名誉男爵」

「あ、あの、エドです」

俺に握手を求めてきたので、応じる。その手は確かに戦闘をしてきた人の手だった。硬い。

「あの、ひょっとして転生者じゃ」

「転生者かい？　聞いたことがないね」

「そうですか」

黒髪黒眼だから転生者かと思った。どうやら違うらしい。


ただこのお兄さん、ちょっと騎士団みたいな鎧《よろい》が目立つうえに、後ろの連れの女の子三人が……

うーん。

めっちゃ美しいエルフの三人——おそらく姉妹——を従えている。

ポンチョコートで衣装を隠している上からでも、おっぱいが大きい。

首から上は出ていて、腰まである長い金髪が綺麗《きれい》だ。

それから腰は細くてお尻が大きいのがシルエットでもはっきりわかる。

エルフってみんなおっぱい小さいのかと思ってたけど、そうでもないな。

ポンチョコートは短く膝上丈で、ミニスカートのワンピースみたいになっている。

顔は間違いなく美少女だろう。耳ははっきり尖《とが》っていて長い。

「あの……」

聞くに聞けない感じだったのだけど、俺が言葉を濁すと理解してくれたようだ。

「ああ、彼女たちはラプンツェル・シスターズだよ」

「ラプンツェル・シスターズですか？」

「そう。知らない？　美しいエルフの三姉妹さ」

「いえ、スラム街に住んでると周りのことはあまり情報が入ってこなくて。すみません」

「そっか、そうだよな。こんなところで。すまない」

「いえ、別にいいんです」

ラプンツェルといえば、塔の上に幽閉されていて長い髪を下ろして王子を登らせて逢瀬《おうせ》を楽しんだという話だけど。

この世界でも似たような話があって、便宜上ラプンツェルと呼ぶ。

それでエルフの三姉妹だ。

「君を一人前として認めよう。三人ともエド君に正式な挨拶をしてくれ、特別だからね」

「わかりました」

「「はい……」」

三人とも、頷《うなず》き合うとそっとポンチョコートの合わせを開いて脱ぎ、マジックバッグへと収納する。

ポンチョの下は軽装のドレスアーマー姿だった。金属製のブレストプレートとミニスカートだ。

エルフ特有の白く透けるような美しい素肌が少し見えている。

全体的には金属は白金、服は薄緑、薄い浅葱《あさぎ》色《いろ》だ。緑がエルフっぽい。

胸の上には小さいリボン飾りがある。

長女が赤いリボン、次女がピンク、三女がオレンジ以外は共通だ。リボンは色がはっきりしていて結構目立つ。足は薄緑色のニーソックスと絶対領域がまぶしい。

ありていに言えば、高そう。

貴族が使うような本気の金属装飾とエンチャントなどで防御力を高めてありそうな、あれだ。

「高貴なエルフの女性はみな、髪を伸ばすものなのだそうだ。山向こうでは」

「へぇ」

「では、挨拶を」

カーテシーを三人が揃ってする。ミニスカートの裾をつまんで広げかわいらしく首をかしげる。微笑《ほほえ》んでくれる。

恥ずかしそうに顔と耳を赤くするところが、初々しい少女のようで、かわいらしい。

「長女のマリアーヌです」

「次女のミリアリーフです」

「三女のソクラシアです」

「手にキスを」

長女さんから右手の甲を差し出してくる。もちろん近づかないとできないので、接近する。

ドレスアーマーと白い素肌にすごいドキドキしてくる。

それからミーニャたちとも違う、女子高生くらいの女の子特有の甘いモモのようないい匂いもしてきてクラクラする。

ちゅ。ちゅ。ちゅ。

無心。心を空っぽにして作業のようにキスを落とす。

断固、精神を統一して作業を遂行した。俺の周りにはみんながいる。

俺の横にはすでにミーニャ、ラニア、シエルが待機していて、そのエルフさんたちを顔を赤くしてぼーっと見つめていた。

これは彼女たちが美しくて、見とれているのだろう。

そして少し離れてギードさんとメルンさんもいた。

メルンさんとミーニャはさっきまで俺と離れて治療をしていたけれど、すでに終わっている。

治療のとき、ミーニャの前に若い冒険者が列を作っていたので笑ってしまうところだった。

「どうだい？　僕の自慢の戦友たちは」

「あ、はい！　とっても美しい、綺麗だと思います」

「そうかいそうかい。だそうだよ」

「「……ありがとうございます。エド様」」

ちょっとためらった後、俺にお礼を言ってくれる。

少し頬《ほお》を染めるところとか、めっちゃかわいい。

褒めたせいか、少し恥ずかしいのか目が若干泳いでるもんね。

あ、目線が止まった。顔が赤くなる。目線を追うとギードさんだった。

ギードさんがうつむきつつ、目立たないように片手をそっと上げる。

そうすると姉妹三人が目を見開いて、今度は目を細めて、そっと頷いた。

「あの、マーク」

「なんだい？」

「明日、午前中少しの間、用事ができまして、私たちに時間をください」

「そうか。まあ、いいよ。別に急いでいないし」

「「ありがとうございます」」

姉妹が揃って頭を下げる。

「それじゃあ、明日の午前中はフリータイムということで。僕もついていくけど」

「わかりました」

「では、戻ろうか」

三姉妹はそっとポンチョコートを羽織って視線から衣装を隠す。

さっきからじろじろ見られていたのだ。

その男性たちの視線の数はちょっと数えきれないくらい。

そっと長女のマリアーヌさんが俺に聞いてくる。

「すみません。エド様、あのエルフの方は？」

「ああ、あのちょっと名前は言えなくて。なんで？」

「いえ、その知り合いでして。ご領主様と言っても信じてもらえないと思うのですけど」

「あぁ、あの失礼ですが聞きたいんですけど、教会派ですか？　それとも正教会派ですか？」

「教会派です。あの、ギード様に会わせてください」

後ろのマークさんも頷いてくれる。

「彼女たちは確実に教会派だ。僕が保証する」

「いいよ、明日、うちに朝早くおいで。喫茶店エルフィールってお店だから」

「わかりました。必ず、必ずや、お伺いします。このマリアーヌ、命に懸けて」

「いや、命は大事にしてください」

「うっ、は、はい」

こうして明日の朝、うちで会うことになった。


昨日エルフ三姉妹と会う約束をした。朝になって、ラニアもうちに呼んである。

俺たちの中には秘密はなしだ。ギードさんには確認して了解してもらった。

あ、ギードさんが領主という話はバレてしまったので、バレたことになった。

ややこしいが、そういうことで。

「ごめんください」

「ようこそ」

先頭に鎧装備を収納した軽装になっているマークさんがいる。

部分鎧だけど、これはこれで高そうなのが一発でわかる程度にはいいものを着ている。

その後ろには三姉妹が今日もポンチョコートで入ってきた。

「喫茶店エルフィールですか。いいお店ですね」

「でしょ」

マリアーヌさんにそう言われると俺もうれしくなる。

「「「失礼します」」」

そう言うと、ポンチョコートを脱いで収納した。みんなマジックバッグを持っているみたいだ。

スカートの横の隠しポケットがそうらしい。昨日のドレスアーマーのミニスカの格好になる。

「領主様……」

ギードさんが立ち上がると、声をかける。三姉妹がギードさんの前に並んで、片膝を突く。

そして三人ともミスリルのナイフなのだろう短剣を掲げる。

例の、俺も持ってるドワーフ作の一品という親愛の証《あかし》だ。

「領主様、ここに長女のマリアーヌ、生きて、参上しました」

「領主様、次女のミリアリーフ、私も、生きて、お会いしたかったです」

「領主様、三女のソクラシア、お姉ちゃんたちと一緒に生きてきました」

「あ、ああ、生きていてくれて、うれしいよ。フェルメールの三姉妹」

「はい。領主様。しかしサルバトリア領は」

　長女さんが代表して会話をするらしい。

「そうか、すまない。私の犯した罪だ」

「いえ、そんな、そんなことあるわけないです。人族だって同胞だと。それは建前ではなく、事実としてそこにあると。本当のことです。立派なことをしただけです。領主様は」

「まあ諸侯には恨まれてしまったけどね」

「あれは、どう考えても、言いがかりです。あんな仕打ち。エルフ同士で、なにやっているんでしょう、私たちは」

「本当にバカだな、エルフは」

「そうです、そうですよ」

　と、まあ共通の敵を見て盛り上がったところで、話を戻す。

「メルン様、それからミーニャ様」

「生きていてくれて……うれしいです。三人とも」

「んにゃぁ、私？　私えっと」

「ふふふ、ミーニャ様はまだ小さかったから。ほらウサギさんですよ」

そう言うと指を小指と人差し指だけ伸ばしてウサギっぽくする。

「あっあ、これ私知ってる。お姉ちゃん？」

「そうだよ、ウサギのお姉ちゃん」

「わっ、わっ、なんだか懐かしい気がする」

ミーニャがマリアーヌに抱き着く。それをそっとあやしてから、話を始める。

「私たちは生きて子孫をその……つなぐ。そのためには無条件降伏しかありませんでした。私たちは降伏の隙《すき》に領主様同様、逃げられたのですが――」

三姉妹だけではない。

八年前、エルフ騎士団のうち若い子はエルダニア出兵に際して残された。未来のために。

エルダニアから生きて戻ってきたエルフもいて、騎士団の規模は半分以下になったものの再結成された。しかしそれも数年のことだった。

サルバトリア領は諸侯から反逆罪の汚名を着せられ、あっという間に諸侯軍に包囲された。

真っ先に領主様を脱出させた後、エルフ騎士団は籠城《ろうじょう》していた。

そして降伏勧告。

脱出前の領主様の判断は「生き抜いてくれ。死ぬな」。

元々エルフは人口が少ない。それゆえ死んだらなんもならないのは骨身に染みている。

モンスター戦では仕方がないが、エルフ同士で殺し合っていてはだめだ。

『じーじは最後の最後まで、戦いますじゃ。裏王家、エルフの誇りに懸けて。賊は向こうですじゃ。大義は我にあり』

『じーじ、領主様は生きろとおっしゃいました。降伏しましょう』

玉砕するというじーじの言葉をみんなで説得して、生きる道を選んだ。

いくら屈辱的でも生きていれさえすれば、またチャンスは来るはずだからと。

こうして無条件降伏の受け入れとなり、城門を開けた。

エルフ同士、まだ話はできるはずだ。その間、ほんの少しだけど時間に猶予があった。

その隙に若いエルフたちを優先させて領都から脱出させた。

三姉妹をはじめ多くの若いエルフはメルリア王国の首都メルリシアに避難した。

それから冒険者を始めた。マークさんとは首都メルリシアで出会ったそうだ。

マークさんは元のパーティーメンバーと業績を上げて王都に屋敷を貰《もら》った。

パーティーを解散して王都で休暇をとっていたらしい。

そこへエルフの三姉妹と運命的な出会いをして、今は彼女たちとパーティーを組んでいるそうだ。

「こんなんでも、マークはいい奴だから」

「そうなのよね」

「そうそう」

口々にマークさんを褒める。そっと自分たちの格好を見て、頬を染める。

マークさんもまんざらではなさそうに、首をブンブン振っている。

「マーク、改めて、路頭に迷いそうだった私たちを救ってくれて、ありがとうございます」

「ありがとうございます」

ちゅ。ちゅ。ちゅ。三姉妹がマークさんの頬にキスを落とす。なるほど。

細かいことはわからないけど、この子たちもいい関係を築けているんだ。

そういうのはなんかいいなって思う。

うちも、みんなといい関係を続けられたらと思う。

「マークはそこそこ強いから、死なないでしょ。でも寿命で死んじゃうかもしれないね」

ソクラシアさんがそっと言った。

「……」

人とエルフではどう頑張っても寿命には差がある。

ちょっとしんみりしてしまった。

「あ、でもマークの魔力はおかしいから、エルフと同じくらい生きるかもしれません」

マリアーヌさんがそう言う。

「領主様、どうなんです？」

今度はミリアリーフさんが質問した。

「そうだね。魔力が多ければ、長生きはすると思う。あと僕はもう領主じゃないんで、その、ギードさんとでも呼んでくれ」

「そんな、領主様は私たちの領主様です。いつもよくしてくださいました」

「そうですよ、お姉ちゃんのいう通りです」

「ソクだって、そう思います」

「そ、そうか、でも変な感じだ。領主業からは逃げてきたからな」

「逃げてきたんじゃないです。みんなで逃がしたんですから、領主様の責任ではありません」

「まあ、そういう解釈も」

「そうなんです、あれは領のエルフ貴族の総意なんですから」

「そうだったな、すまん。オンボロ領主で」

「そうですね。こんなところで喫茶店なんてやってる領主はオンボロですね」

「あはは」

「それもエルフィールだなんて」

「そうだな」

ちょっと涙目だけど、笑顔を浮かべて、生きて再び会えたことをよろこびあっていた。

くっそ。いいじゃねえか。俺まで泣きそうだ。


この後はトライエ市のほうの領主に挨拶してから、そうそうに王都へ帰るそうだ。

西の人間同士のいざこざは彼らの領分ではないとのこと。

王都はトライエから見て東側、エルダニアの先にある。

三姉妹とも別れ際に俺の頭を撫《な》でてくれた。向こうを向いて、ポンチョコートを羽織る。

うちから出ていく。さて、学校に行かないと。

お姉さんたちのドレスアーマー姿もなかなかカッコよかったな。

十二章　キングの魔石と謁見、カレー

ゴブリン・スタンピードのとき、Bランク冒険者相当のメルンさんとギードさんは目立たないように新東門で待機していた。

ひっそり後方から戦線を抜けてきた敵を叩《たた》いていたらしい。

表立って目立った戦闘はできなかったものの、精一杯戦ったようだ。

そのおかげで新東門より内側のスラム街には被害が一切なかった。

その代わり小学校がある真ん中の北東門のほうでは少し被害が出てしまった。

新北門には騎士団、傭兵《ようへい》団、マークさんたちもいたので、余裕の戦闘だったようだ。

エルフのお姉ちゃんたちは三人とも軽鎧《けいがい》だけど魔術師なので戦闘時には杖《つえ》を装備している。

あの軽量な格好は回避に重点を置いているのだ。

当たらなければどうということはない、という格言もあるし。

俺もミーニャ、ラニア、シエルの三人にドレスアーマーを着させるところを想像してみる。

うーん、今の背格好のままだとちんちくりんだな。

まず胸がないし、胴も寸胴《ずんどう》で子供体型だ。

かわいいといえばかわいいが、まあ大きくなってから検討してみよう。


さてマークさんとラプンツェル・シスターズが領主と謁見《えっけん》していたけど、俺たちもゴブリンキングを仕留めたため、領主との謁見が待っていた。今回は歩いて領主館へ向かう。

この前、鍋を返しに行ったとき以来だけど、貴族街の南大通りを進むのは緊張する。

大通りは東西南北にあり、南は距離が短い。その南側にメルリア川が流れているからだ。

南側の貴族街は北半分より少し狭いのだ。

その土地に貴族たちが広い区画で家を並べているので、圧巻だったりする。

領主に招待されているのは俺たちのパーティーだ。ミーニャ、ラニア、シエル、そして俺の四人。

倒し損ねた敵がラニエルダへ入らないように最終防御ラインを守っていたギードさんたちは招待されていない。

本来なら保護者でもあるのでギードさんとメルンさんも招待されてもおかしくない。

これはおそらく、訳アリのエルフ様ご本人を招待するのはまずいということなのだろう。

あくまで対外的には領主は「知らない人」でいないといけないのだ。

さて南大通りの突き当たり、立派な領主館に到着した。

名前を名乗り守衛さんに通してもらい中に入る。

メイドさんが出てきて控室に案内してもらった。

「お茶です。どうぞおくつろぎください」

お茶が出てくる。色が赤い。紅茶だ。これは渡来品でもちろん高級茶だ。貴族のお茶会には高いお紅茶というわけだ。

健康茶やハーブティーとは客層がまったく違う。俺たちが扱っているお茶は主に一般市民以下をターゲットにしていた。

市民以下には今までほとんどお茶の習慣がなかったのだ。

紅茶には最初から砂糖が入れられていて、優しい甘味を感じた。

「おいちい」

「ええ、この赤いお茶、おいしいです」

「美味《おい》しいみゃう」

みんなその赤い不思議なお茶を堪能している。お茶菓子は蜂蜜クッキーだった。

砂糖と並んで蜂蜜も高級品で、一般市民はほとんど口にしない。

執事さんが入ってくる。すでに今日の謁見の内容については連絡が来ていたので、概要は知っている。

「魔石はございますか？」

「はい。マジックバッグに入れてあります」

「よろしいです。確認のため一度出してもらってもかまいませんか？」

「はい」

俺がアイテムボックスからゴブリンキングの魔石を取り出して手のひらにのせて見せる。

「確かに大きな魔石です。よろしいかと。ではしまってかまいません」

「はい」

俺は袋に入れるみたいな動きをごそごそして収納する。

実際には手のひらの上からでも直接収納できるがそれではマジックだ。

そうして領主と謁見する時間になった。

おっぱいが大きい美少女のメイドさんに先導されて、館内を移動する。

メイドさんはミニスカート姿で、それが揺れてちらちらしている。

後ろからでも太ももとガーターベルトの絶対領域が見えていてなんだか色気を感じる。

俺も謁見なのにそんなことを考えている余裕がある程度には大物になったものだ。

この前の格下の第二謁見室の前を通過した。

そして通路の奥、正式な謁見室の扉が衛兵によって開けられる。

「エド様のパーティーが、ご入場です」

メイドさんは謁見室の中まで入ると、右へ折れてこちらに向き直って立ち、手で進行方向を指して、俺たちにはまっすぐ進むように指示を出した。

そして頭を下げてくれる。

やっぱりおっぱい大きいなと思いながらメイドさんの前を通過する。

この子は今まで見た中で特別大きい。

さて俺がおっぱいのことを考えているとも知らずに、正面奥では領主がにっこにこの笑顔で立ち上がって俺たちを迎え入れてくれる。

左側の壁際には奥様、長女、次女、それから女騎士と家臣たちが並んでいた。

右側には偉そうな貴族だろうおじさんたちが控えている。

「よく来てくれた。エド君、そして少女たちも」

「はいっ」

俺たちは一斉に頭を下げる。立礼の略式ではあるけれど、これでいいらしい。

「では、楽にしてくれ」

俺たちは礼の姿勢から正面を向く。

「エド君、ゴブリン撃退後のトマトスープの件もよく働いてくれた。礼を言う。それが、まさかゴブリンキングだとは思わなかった。強かったんだね」

「ええ、まあ。たまたまです」

「なぜ戦ったか、説明してくれるか」

「あの辺に戦える人が自分たちしかいなかったのです。僕たちの後ろには子供のパーティーしかいなくて、僕たちが戦わなかったら子供たちが犠牲になるところだったのです。それで必死でした」

「なるほど。了解した。今度はあるまいが、そういうときは戦力をもう少し分散配置させるように言っておこう。今回は北側から攻めてきたのを考慮しすぎて北門ばかりに戦力を置いてしまった。

指揮のミスだな。代表して謝罪しよう」

「そんな、領主様。確かに敵はほとんど北側から出てきたので、だいたいは問題なかったんです。ただキングが東寄りに出てきたのが想定外だったんです」

「そうか、ふむ。それで魔石をここに」

「はい」

俺がさもマジックバッグですというふうに、袋を装って魔石を取り出して掲げる。

それを執事さんが手に取り、壇上の領主様の元へ届けてくれる。

「確かに。大きいな。それに綺麗《きれい》な色をしている」

紫なのだが覗《のぞ》き込むと中は宇宙みたいにいろいろな色が散らばっていて、とても綺麗なのだ。禍々《まがまが》しい魔力の結晶という雰囲気は全然しない。

「確かに受け取った。では報奨金を」

「はっ」

執事のおじさんが俺に魔石の代金として報奨金を出してくれる。

「金貨、五十枚です」

「確かに頂きました」

失礼だから数えたりしないが、金貨が十枚ずつ重ねて包まれていてそれが五個あるので間違いないはずだ。

「エレノアが婿にと言ったときは、焦ったが。それも悪くはないかもしれないな」

「そんな、領主様」

「あはは。エド君、そんなに焦らなくてもよい。なに嫁が一人増えるだけだ。領主を継げとか言わないから、可能性の一つとして考えてみても悪くはないだろう。なに、まだ若いからこれからだ」

「はい」

「では、下がってよい」

「失礼します」

俺たちはもう一度立礼をして、くるっと向きを変えて戻っていく。

はぁああ、緊張した。

領主様の椅子がまんま玉座のそれで、威厳たっぷりだったのでこっちはビクビクですよ。

変に目をつけられるのもできれば避けたいのに、もうばっちり覚えられているという。

こうして魂の抜けたような顔をして家に戻りましたとさ。

金貨はエド信託銀行の共有財産としてプールされることに決まった。

翌日は土曜日だったので、また森を探索した。

街で売っているものも多いのだが、中には見たことすらない種類の植物があったりする。

お隣へ寄ってラニアも連れていく。

エルダタケを探して切り株の草原を通過しつつ探す。

「お、エルダタケだ」鑑定。

【ドクエルダタケモドキ　キノコ　食用不可（強毒）】

そんなぁ。

近くにもう一個。鑑定。

【エルダタケ　キノコ　食用可】

よし。やったぜ。

こうして近くにあると油断しそうになるが、ちゃんと全部確認しないとだめだ。

森の入り口でミーニャに祝福してもらう。

「ベルもよろしく」

「はいっ」

シエルはちょっと恥ずかしそうな顔をするが、すぐに真剣な表情になってベルを鳴らし始める。

「ラファリエール様のご加護の下に」

キンコン、コンコンキンコン、コーン、キンコン。

曲が前と違う。非番の日とかに練習しているのだろう。

向上心があるようでよかった。こうして俺たちは当社比二倍のパワーで森へ入る。

ふふふ。今日は北東方向だ。まっすぐ進むとエクシスの滝だけど、前回は周りの草木を全部無視して進んでいったので、今回は草木のほうをターゲットにしている。

ふふふ。

「あ、倒木。キクラゲだぁ」

ミーニャが目ざとく発見する。うん、確かに鑑定でもキクラゲのようだ。

キクラゲに似てる毒キノコなんて聞いたことがないが用心はしておこう。

そうして歩くことしばし。

「トマト？　あれ、なんか細い」

トマトに似た枝がある草には、赤と緑の実がいくつもなっている。

しかし形は丸ではなく、長細かった。俺が思い当たるものは数種類しかないが、鑑定してみるに限る。ちなみに鑑定も一応魔力を使う。

俺の魔力は多いほうだとは思うけど、無限ではないんで、見かけたすべての植物を鑑定して歩くことはできない。

【トウガラシ　植物　普通】

おぉぉお。トウガラシちゃんだったか。シシトウや細い種類のパプリカかと思った。

今まで辛みは、山椒《さんしょう》、コショウを使っていた。トウガラシが欲しかったのだ。

「これ甘い？　おいしい？」

「いや、辛いんだこれ」

「え、辛いの？　いらない」

「そんなことないって。これはこれで美味しいんだ」

「そうなの？」

「うん」

ミーニャちゃんの食いしん坊さんめ。


さて追加でトマトも採れたし、他にもトウガラシは近くにいくつかあったので、採って歩く。

そうして家に戻ってきました。お昼は適当なメニューを作って凌《しの》ぐ。

午後、トウガラシを箕《み》みたいな籠《かご》に入れて、干す。乾燥トウガラシだ。

よく輪切りとかにして使うし、生より乾燥かなってなんとなく思って。

「こんなにおいしそうな色してるのに辛いの？」

「うん」

「ふーん」

よくわかっていない顔をする。三人とも。

「食べてみる？」

「うん」

「一本三つに分けて、端だけ、ほんのちょっとかじってごらん。それでもすごく辛いよ」

「ふーん」

「ぎゃあああ」

「うえぇぇ」

「みゃううう」

三人の悲鳴が聞こえる。台所にある水瓶《みずがめ》に走っていく。

柄杓《ひしゃく》みたいなものがあるので、それで水を飲んでいた。

「はわわわ、死んじゃうかと思った」

「これは、ナシですね」

「こんなのないみゃう、辛いみゃう、絶対おいしくないみゃう」

さんざんな目に遭って三人とも辛いことは納得した。

何事も経験だ。俺はやらないけど。みんな復活して夕方。

「じゃじゃーん。夕食は、ぺぺろんちーのー」

少し道具を出すネコ型ロボットっぽく。

「え、なに？」

「ニョッキのペペロンチーノにしたいと思います」

「ふーん。美味しくなるの？」

「まあ、一応」

さすがに何なのかわからないだろう。三人とも不思議そうな顔をしながら見ている。

ニョッキを作った。パスタ類が市販されていないのは痛い。

売り出してほしい気がするが、乾麺の知識が皆無で製法がわからないという。

乾かせばいいというものなのか、どうか。ニョッキをだいたいの感覚で茹《ゆ》でる。

草原産のニンニク、森産のトウガラシに市販のオリーブオイルと塩とコショウを少々。

ちょいとアレンジ。イノシシ肉を少し入れて炒《いた》める。それからタンポポ草を投入。

これでニンニクオイルソースみたいなものが出来たら、そこへニョッキを投入して絡める。

はい、完成。

「なんだかいい匂い」

「匂いはだいたいはニンニクだけど」

「あぁニンニクかにゃ」

「では食べますか」

「ラファリエール様に感謝して、いただきます」

「「「いただきます」」」

さて食べるぞ。三人が俺の顔を見ている。

「え、みんな食べないの？」

「「うん」」「みゃう」

あ、そう？　じゃあいただきます。

「……美味しい！」

俺は一人でご満悦だ。ペペロンチーノここにあり。

また出会えてよかったペペロンチーノに。

「そこまで言うなら、じゃあ、食べてみるね」

三人とも不安そうだけど、食べてはみるらしい。

「おいちぃ」

「美味しいです。エド君」

「ちょっと辛いけど、美味しいと思うみゃう」

うんうん。なぜなのか知らないけど、トマトとかは売ってるんだけどね。

トウガラシが売ってないんだ。料理とかにも使われていないみたいで。

メルンさんとギードさんにも好評だった。

「辛いには辛いけど、美味しいよ、エド君」

「そうね。これは変わっているけど美味しいわね」

だそうだ。エルフ様の口にもあったようでなによりです。


翌、日曜日。ふははははは。ついに、ついにトウガラシを発見したのだ。我がエド軍は圧倒的に優位に立っている。なぜならトウガラシにより、これで悲願のカレーを作ることができるからだ。

さっそく原料を買い付けにセブンセブン商会に向かう。

「すみません。カレー粉ください」

「はーい」

いつものメイドさんが対応してくれる。そうなのだ。この世界にも俺が「カレー粉」と呼んでいるものがある。前に少量だけ購入して試食したのだが。

『なんだこれ、カレー粉だけど辛くない』

うむ。確かにカレー味だった。カレー風味と言うべきかもしれない。なぜかトウガラシが入っていなかったのだ。

風味は完全にカレーなので、これでもカレースープとか作れるといえば作れるのだけど。

カレーが食べたい場合には物足りないというほかなかった。

だからボツにしていたネタだったのだけど、トウガラシが見つかった。それも自生しているほう。

商品として見つかった場合でもよかったけど、どちらでもよい。ということで今日のお昼はカレースープです。

スープというかシチューみたいにして食べるカレーというか。

カレー粉と乾燥トウガラシをすり鉢で細かくしたものだ。

何回も丁寧にすってかなり小さい粒にした。すでに野菜各種を鍋で煮こんである。

お肉はイノシシ肉の在庫が少ないので、ウサギ肉にした。

これなら俺たちが定期的に獲《と》りに行けるので。

イノシシはまた向こうから来るくるまで狩りようがない。

さすがに土日の森探検だけではイノシシとの遭遇率が低くてあまり現実的ではない。

「ということで今日はウサギカレーです」

「ふーん。また辛いのなの？」

「そうだよ」

「あんまり辛くしないでね」

三人ともべーって舌を出して、あのときは辛かったと顔で表現してくれる。

ちょっとかわいくて面白い。

「では、この辺でカレー粉とトウガラシ粉を入れます」

「ふぅん、なんだかいい匂い」

「そそ、これがカレーの匂い」

かわいいお鼻をひくひくさせる三人。

猫がご飯に顔を近づけているのに似ていて微笑《ほほえ》ましい。

まず黄色い色になり、そして少しだけ赤い色を入れる。

入れすぎてはいけない。子供の舌は劇物に敏感だ。

むしろリンゴと蜂蜜とか甘くしたほうが好きかもしれないけど、俺は辛いのが食べたい。

なんでもやってみるに限る。

「はやくっ、はやく」

「美味しそうな匂いなので、ミーニャがせかすのも頷《うなず》けますね」

「シエルも、はやくみゃ、はやくみゃあ」

うずうずしている子をドウドウとなだめて落ち着かせようとする。

しかしこのおいしそうな匂いに完全にやられている。

せめて三十分くらいは寝かせたい。地球の母親はいつもそうやって作っていた。

俺は母親の作ったカレーがかなり好きなので、できるだけ再現できるところは準拠したい。

ミーニャたちが待ち遠しそうに、モグラ叩《たた》きのモグラみたいにぴょこぴょこ跳びはねているのをしばらく眺めて、ようやく時間になった。

「よし、そろそろいいね」

「やったっ」

「ラファリエール様に感謝して、いただきます」

「「「いただきます」」」

特製のスプーンで食べる。スープ用より気持ち大きめで持ちやすい。

丁寧に削ってあるので曲線的なフォルムは手になじむ。

カレーだけを掬《すく》って食べる。うまい。ちょっとだけ辛みもあるが、野菜やお肉の旨味《うまみ》、カレー粉自体の旨味のような何かが調和して、抜群にうまい。

よくわからんけどハーモニーってやつ。

「おかわり！」

「はいはい。まだ少しあるから大丈夫」

「やったっ！」

いっぱい食べておおきくなあれ。ちんまくて、ぺっちゃんこなのもかわいくて好きだけどね。

ただしデブらないように運動もしような。いつも学校へ行ったり仕事で立っていたりするので、大丈夫だとは思うけど。前は痩せ気味表示だったのが、今は普通になっている。

ちょっと頬《ほ》っぺたもぷにぷにになって、顔までかわいくなっている。この状態を維持したい。

「ごちそうさまでした」

カレーをおかわりした三人は、お腹を膨らませて撫《な》でている。

幼女がぽんぽこお腹をさすっている姿は非常に微笑ましい。

「エド、毎日食べたい！」

「えぇっ、さすがにそれは」

「じゃあ、毎週！」

「それくらいなら」

「じゃあ毎週日曜日のお昼はカレーね」

ということでうちでは日曜日のお昼がカレー曜日と指定された。

カレー粉は渡来品で結構高いんだけど、うちには共有資産のプール金があるので余裕だった。

俺の貯金を切り崩しているわけではなくて、家族共有費だと思ってくれていい。

これは家賃やおいしいご飯の材料のためのお金なので、存分に使っていいのだ。


さてまだ先だけど、喫茶店の三号店を計画をしている。

うちは手狭なので、この一号店は会員制の少し高級なピザとカレーの飲食店にする。

今までの低価格な有人自動販売機のような店は近所の空き家に移そうと思っているのだ。

俺たちが毎日氷を補充して、ハーブティー類の在庫の管理をする以外はバイトを雇うつもりだ。

まだほとんど構想段階だけどどうだろうか。

ちょうどキングの魔石代がプール金として増えたので、家賃や各種投資にも回せる。

借りる家も目星がついている。近所の少し歩いたところだ。うちより狭くて、二階は別の一家が住んでいる。

一階に広いリビング兼ダイニング、キッチン、寝室があり建物の外にトイレがある。

リビングダイニングが一部屋で広いので飲食店に向いているのだ。

ここはもうあとは契約するだけ。今は仮契約で押さえてある。

家具はセブンセブン商会とビエルシーラ商店で購入する。

今のうちは二階に倉庫と子供部屋と夫婦の寝室の三部屋がある構造だ。

一階にはリビング、ダイニング、キッチン、隅にトイレ。

あとは誰を雇うかなのだけど、それは冒険者ギルドのハーフエルフのミクラシアさんにお願いしてある。

週七日毎日営業。合計三人。二人勤務で一人はローテーションで休暇だ。その予定で各種準備ができ次第、俺が面接する予定。さてどんな人を紹介してくれるだろうか。

* * *

さて思いついたことがある。普段スプーンを作っているのだけど、それを組み合わせてトングにするのはどうだろうか。現時点でこの世界では見たことがない。

反対側はフォークだからフォークも欲しいんだけど。木でフォークというのもなくはない。

しかし先の細い部分を作るとどうしても耐久性に問題がある。

どこへかけ合えばいいか、ちょっと考えてみる。ドリドンさん、ではないと思う。

ラファリエ教会司祭バイエルンさん。悪くはないが黒い影がちらつく。借りは作りたくない。

ビエルシーラ商店。悪くはない。冒険者ギルド。ハーフエルフのミクラシアさん。悪くはない。

ダークホース、商業ギルド。まだ親しい人がいない。

そうだな、うーん。まずミクラシアさんに話を持っていこう。

別に俺だけいればいいか。珍しくソロだ。と思ったんだけど。

「ミーニャも行く、絶対！」

そうか今日はミーニャが非番だったか。

「エルフのミクラシアさんのところなんだけど、行きたい？」

「行きたくない……行くぅぅ、行くのぉ」

ミーニャは少しミクラシアさんが苦手だ。じっと憧れの視線で見つめてくるので。

別に嫌いではないのだろうけど、ちょっと怖いのだろう。

ファンみたいなものだが、気持ちはわからんでもない。

冒険者ギルドへ向かう。

「すみません」

「あ、はい。ミーニャ様！　ようこそ冒険者ギルドへ」

「あの、金属加工職人の紹介ってできますか？」

「え、あ、はい。もちろんですよ。鍛冶《かじ》職人ですよね？」

「鍛冶、うーん、まあそうです」

「すぐに一筆《いっぴつ》書きますね！」

ふむ。エルフさんは最近仕事が素早い。簡易手描き地図と紹介状を出してもらった。

紹介状の名義はミクラシアさんだ。

「ドワーフのおじさんなんですけど、腕は確かです」

「あ、はい。ありがとうございます」

エルフとドワーフって仲が悪いってたまに聞くけれど、実はお互いをリスペクトしてて認めてるらしいんだ。

ただ相手を認めてる分、お互い主張はするので衝突してるように見えるだけで。

地図を見る。西地区だな。西も西、西門近く。こっちはあまり来ないので、よく知らない。

歩いてみると職人街のようだ。ミーニャはご機嫌で俺に腕を絡ませて歩いている。

前は手を握っていれば満足だったのに、どこでそういう情報を仕入れてくるのやら。

腕を組んでご満悦だ。きょろきょろして周りを見る。道を一本入ると迷子になりそうだ。

慎重にランドマークの角の店の名前を確認して、路地へ入る。

角から四軒目、ここだ。

「ベギダリル鍛冶店」

看板はないか。表札は出ている。金属板にベギダリルとだけ刻印されていた。

「すみません」

「あっ、ごめんください」

ミーニャも挨拶をして中を窺《うかが》う。

「誰じゃ、子供の声だったが」

「あ、はい。俺、元ラニエルダ民のエドっていうんですけど」

「エド君ね、そっちは？」

「ミーニャ」

「ほう、なかなか見ない綺麗なエルフじゃの」

「えへへ」

ミーニャが褒められてニコッと笑う。

「うむ。素晴らしい澄んだ心を持っているようじゃ。綺麗な心は大切にするといい」

「ありがとう、おじさん」

「おおう！　それでなんじゃ」

「あ、はい。トングという道具を思いつきまして」

まあ前世知識だが、この世界では見たことがないのでこれでいいだろう。

パスタを調理したりするときに便利だし。紹介状を出す。

「あぁミクラシア嬢ね。あのエルフっ子か、よいよい」

絵に描いてきたものを見せる。

「ふむ。なるほどここを薄い金属で作ってバネみたいにするんじゃな」

「そうです。理解が早くて助かります」

「まぁ伊達《だて》に何十年も鍛冶屋なんてやってないわい」

「すごいですね」

「ははは」

スプーンの加工も金属でもできる。でもそれだと俺たちの出番はない。

スプーンの部分だけ木工にしてフォークとバネを金属で作る。

金属加工のほうが高いので、これでも値段が少し下げられるそうだ。

接合部には釘《くぎ》を一本打てるように細工してあって、それで固定する。

「なに、ちょっとやってみるか。スプーンはあるんかい？」

「あ、はい。一応これです」

普段使っているのまんまなんだけど、持ってきてはいる。

「ふむ。まぁまぁの細工物だな」

「ありがとうございます」

「おい、これ作ったナイフ見せてみ」

「はい」

　俺はミスリルの細工ナイフを出した。

「ほほーん。これエルフ王家とかで使ってる親愛のナイフじゃろ」

「みたいですね」

「なにもんなんじゃ」

「さぁ、家を空けてる母のもので」

「そうか母親の。このナイフ、大切にしなさい」

「はい」

「あっそうそう。武器もあるか？　研いでやろう。ナイフも軽い調整だけしてやる」

　武器の剣、それからミスリルのナイフを預ける。

　弟子が一人いて、作業する間に地金を用意するように言っていた。

「ミスリルを研ぐのは久しぶりじゃの」

　楽しそうに作業に入ってしまった。

　研ぐだけなので回転砥石《といし》と仕上げ用の手作業の砥石でささっと、ものの十分くらいだったろうか。

「どうじゃ。ミスリルだから年一回くらいでいいんじゃが、研いだほうがいい」

「ありがとうございます」

「こっちの魔法付与の剣もすぐやる」

　宣言した通りこちらもすぐ終わった。俺のクイックカッターの輝きが前と違う。

「こっちはちょっと研ぎが甘かったから、しっかりやっておいたぞ」

「ありがとうございます」

「で、なんだっけ。そうそう、トングだったか」

「はい」

「あの師匠、地金、用意できました」

「おし、やるか」

そういうと金槌《かなづち》を取り出す。そして弟子と相槌《あいづち》で打ち始める。

それはみるみるもんじゃ焼きのヘラのような形になっていく。

反対側のスプーンを挿す金具部分を形にしていく。

そして柄の真ん中を薄く延ばしていき折り返す、これはバネの部分だ。

最後にヘラだったものにタガネを打ち込んで、三又のフォークの形を作った。

「ほい、できた」

「えっ」

早かった。ものの三十分くらいだろうか。

「スプーン、ん」

スプーンを渡す。金属側の先端の輪っか型の金具部分にスプーンを挿入して、金槌で金具の穴に釘を打ってスプーンを固定した。

「はい、完成。どうじゃ」

「え、すごいです。できてます」

「だろ」

それはまさしくトングだった。この世界にトングが誕生した瞬間であった。ある程度量産してもらえる契約を取りつけた。

この商品もビエルシーラ商店に卸すことが決まった。

空き時間にぼちぼちとスプーン部分を作って、なんとか数を揃《そろ》えた。

こうしてトングが商品として店に並ぶようになった。

閑話　ビエルシーラさんの見立て

僕はビエルシーラ商店を運営しているライル・ビエルシーラ。

エド君との付き合いはいつからだったかな。

そうだ、たしかスプーンの買い取りだったと思う。

様々な商品を卸しているドリドン雑貨店から、木製のスプーンを買い取ってほしいと依頼が来ていたのだ。

この手の商品は一般家庭から料理店まで幅広く顧客がいて、定期的に売れる。

スプーンは近郊の農家などが片手間に作るものをすでに販売していた。しかしこのエド君の家のスプーンは、丁寧に削ってあり滑らかな仕上がりなのが特徴だった。

普通、高級なスプーンというものは鉄や銀で作る。そのため木のスプーンは安い量産品が多く、仕事が雑なものが多かったのだ。うちで元々販売していたスプーンもそうだった。

そのため木のぬくもりのある上級品のスプーンは今までになく、珍しさもあってそれなりに需要があった。

話を聞くとエド君と居候のおじさんの作品であるということだった。

次は籠《かご》を買い取りするようになった。特徴といえば、農家の家だと気まぐれで大きさが不揃《ふぞろ》いだったりする。

エド君の家の籠は大きさがほぼ揃っていて、側面が斜めになっているため重ね置きができたのだ。

これは大きな特徴で、しまっておくのに場所を取らないのは大変有用だった。

作成者には隣家の人も加わっているそうだが品質はどれも悪くなく、それからみんなで作ってくれたためそれなりにまとまった数があった。

こういうものを大量に欲しいという人もいるが、同じ規格のものは数が揃わないことが多かった。

ということで大量注文が入って売られていくことになった。さらに追加分もということで入荷次第どんどん売れていくようになっていた。

エド君たちとは直接取引ではなく、しばらくはドリドン雑貨店経由で付き合いがあるだけだった。

それからハリス君のところがハーブティーと健康茶を納入するようになった。

これは市内でそこそこ売れており、貴族や富裕層などにも人気だった。

一般市民用のお買い得用パックと、綺麗《きれい》な包装をしてある高級品と両方ある。

このお茶についても元々はエド君の発案でハリス君にアウトソーシングしているというのだから、その商売適性は目を見張るものがあった。

そんなときだ。

教会つまりセブンセブン商会がエド君の仲介で他都市向けの健康茶の販売を始めたと耳に挟んだのだ。

やられた、と思った。

元々うちと取引があったので、その延長でもっと取引量を増やしてゆくゆくは王都をはじめとする国全体、さらに外国へと販路を広げる計画だったのだ。

それを教会が目をつけて先に取引をしてしまった。出し抜かれたのだ。

エド君とはまだ直接取引をしていなかったし、そういう付き合いの優先度とかも考えるような立場ではなかったのだろう。

商習慣的には、本来は僕たちビエルシーラ商店に優先権があってもおかしくはなかった。

結局セブンセブン商会側は話し合いに応じてくれて、なんとかこの件は折り合いがついた。

そして私たちのビエルシーラ商店にも茶葉が届けられて、トライエ市外への販売ができる体制までもっていくことができたのだ。

このとき人を集めたりと動いてくれたのはエド君だったので、その行動力にはやはり目を見張るものがあった。

彼一人だけではないものの、スラム街の住民や子供たちがまとまって参加してくれるとすごいパワーを発揮すると身をもって知ったのだ。

スラム街の子たちだと侮ってはいけないのだ。

彼らは協力してくれるとなれば大勢を動かすことができて、大規模な商会並みの仕事ができるプロ集団だったのだ。

今まではそういう仕事を回してくれる人がいなかったので、誰もそのポテンシャルに気がついていなかった。

これからも協力しあっていきたいと思う。

ということでスラム街の子たち、とくにエド君には注目している。

これからも商業パートナーとして、そして友人の一人として大切にしていきたい。

十三章　エレノア様、襲来

七月一五日。ゴーン、ゴーン、ゴーン。朝から三の刻の鐘がなる。今日は祭日だ。

――『ゼッケンバウアー伯爵叙爵記念日』。

現在トライエ領主を務める家系、初代ゼッケンバウアー伯爵の叙爵を記念する日となっている。叙爵した日じゃなくて記念する日なのがポイントで、トライエ市移行記念日を兼ねている。

去年は領主によりラニエルダでイルク豆の無料配給が行われていた。一人あたり一週間分くらい貰《もら》えた。普段はラニエルダを無視していた領主だったけど、こういう人気取りはしっかりやっているらしい。

朝ご飯を食べて俺たちも準備をする。パレードは朝の九時からだ。

夏のこの時期、暑くなる昼間より朝からやってしまおうというつもりなのだろう。ラニアを迎えに行って戻ってくる。

「じゃあ、行くよ」

「うん」「はい」「みゃう」

三人を引き連れて大通りへ向かう。東地区から東大通りへ。

「人でいっぱいだね」

「ああ」

ミーニャが残念そうに言った。

道の横には人がびっしり並んでいて、先頭で見るのは無理そうだ。

そして俺たちは子供なので背が低く、後ろから見るのも無理。

「東門のほうへ行ってみる」

「うん」

道を東へ。門へ向かう。人はびっしりだけど、一人分くらいの空きはあったりする。

ただ子供三人で見るには狭い。そのまま歩いていったら東門前広場に着いた。

この広場は非常時に軍の待機場になるように作られている。

普段は馬車の方向転換用で、隅のほうの空き地に露店がある。今日も露店は出ていた。

「エドぉ、エドぉ。お肉ぅ、肉串〜」

「お、おう。買ってくか」

「やった」

お肉妖精ミーニャの要望には応えないとなるまい。

おやおや、お肉妖精は三人だったようで、みんな口の端からヨダレが垂れそうな顔をしている。

「おじさん、肉串四つ」

「あいよ！」

一本銅貨一枚。この辺の主流の西の森のオオカミ肉だ。

オオカミ肉は旨味《うまみ》はあるんだけど、少し筋があって硬い。赤身肉で牛肉に少し近い。

西の森ではオオカミが多く、こうしてよく売られている。

ウサギ肉のほうが食べやすい。

オオカミ肉は筋ばっているので、下級市民の食べ物という認識があり、上級市民や貴族は口にしない。

「あつっ、はふはふ、おいちぃ」

「美味《おい》しいです」

「うみゃい、みゃう」

うむ、どれどれ。味付けは塩、そしてコショウの香りがほんのわずかだけする。

コショウは高いので、ケチっているのだろう。銅貨一枚なので、これはしょうがないと思う。

うん。肉本来の旨味と、そして硬い肉は食べ応えはある。

さて、行くぞ。

ロータリーになっているところの横のほうは、人が少なくて俺たちも最前列を確保できた。

「見える場所、見つかってよかったね」

「おう」

右側にミーニャがくっついて体をこすりつけてくる。猫か。猫だったわ。

左側のシエルも同じようにもぞもぞと体をこすりつけてくる。猫か。こっちは本当に猫だったわ。

シエルの左にはラニアがニッと笑ってそれを眺めていた。相変わらずの余裕の表情だ。

ピッパラパパパ。プッパラペペペ。ピーヒャラドドド～♪

管楽器を中心とする音楽が聞こえてくる。領軍の軍楽隊だ。

軍楽隊は大規模な戦争時などにあらかじめ決められた指令を音楽で伝える役割がある。

ただ現代ではハーピー便や早馬なども使うので、今でも現役なのかは知らない。

普段は領主館で演奏会とかしているみたい。以上、ラニア先生による。

マーチだな。

パレード先頭に隊長マークをつけた白馬の騎兵。というかですね、隊長はビーエストさんだ。

全身銀ピカの鎧《よろい》に金髪、イケメン。兜《かぶと》はつけていない。これ顔選抜だな。

その後ろに騎兵が三騎三列、合計九騎で隊長含めて十騎。

こちらは一般的な茶色い馬で、先頭三人は全身鎧、後ろ六人は軽鎧《けいがい》になっている。

さらに続きまして、軍楽隊。

トランペット、ホルン、ドラムなどでみんな歩きだ。揃《そろ》いの綺麗《きれい》で派手な衣装を着ている。

制服なのだろう。半分くらい女性隊員で全員美少女だった。

ヒラヒラのミニスカの制服はちょっと煽情《せんじょう》的だ。

まるで高校生のマーチングバンドみたいで見ているだけでも心癒《いや》される。

警備の軽鎧の騎馬を挟んだ。そして領主一家の馬車だ。

屋根がないオープンタイプの貴族馬車。ゼッケンバウアー伯爵一家。

領主トーマス様。キャシー夫人。長女マリエール様。次女エレノア様。

それから一番上の子だと思われるおそらく長男の子。

「エドくーん、おーい」

エレノア様が馬車から目ざとく俺を見つけて手をブンブン振っていた。

「エレノア様〜おーい」

俺も声をかけて手を振り返す。

音楽がなかったら注目されまくりだっただろうけど、なんとか音に紛れて目立たずに済んだ。

また二列だけ護衛の騎兵の列がある。その後ろには歩兵のようだ。

おおぉ。珍しい。虎の子と噂《うわさ》の女子魔法部隊だ。揃いのセーラー風の制服を着ている。

みんなおっぱいがあってスタイルもいい。美少女が笑顔で手を振っていた。

ミニスカートから見えるふとともがまぶしい。

ちなみにゴブリン・スタンピードのときは北門の中で待機していた。出番がなかったみたい。

そして一般兵と続く。槍兵《そうへい》部隊。弓兵部隊。剣士部隊。

最後にしんがりの騎兵が旗を掲げてついてくる。

ロータリーを回ると、元の道だと列が回り切れないので、一本入った道を少しだけ進んで大通りに戻っていくようだ。行ってしまった。

「終わったね」

「ああ」

「んじゃ、戻るか」

大人たちはこの後、酒場で騒ぐのが習わしとなっている。四人で道の端をへこへこ歩く。

女子魔法部隊。かわいかったな。ほとんどが高校生くらいの年齢で、揃いのセーラー服みたいな格好。すごいそそられる。

魔術師は女子が多い。理由はわからない。

男と違って子宮に魔力を溜《た》められるからとかいう噂はある。

男にも魔法使いはいるが、全体の割合からすると少ないらしい。

男女混成だと風紀が乱れると問題になって男が追放されて以来、女子魔法部隊となったそうだ。

まさに女の子の花園。ぐへへ。

ラニアとかは俺と出会わなければ進路は間違いなく女子魔法部隊だな。

いや、今から所属してもいいかもしれない。

あんな大きなファイアボールを撃てる子なんてあんまりいないだろうし。知らんけど。

こういうとき常識がないと比較ができなくて困る。

女子魔法部隊か。覚えておこう。あとエレノア様の動向にも注意しよう。


ちょっと思いついたことがあるんだ。それは「ミントオイル」。

ラベンダーオイルとかあるじゃないですか、地球の場合。

香料の天然オイルって高価で、そういうのをブレンドした香水の中には修道院で作られていたものもあるとか読んだ記憶がある。

それで今すぐできそうなものにミントオイルがあるのだ。

すーっとするし、愛好家はいると思う。これから夏だしいいんじゃなかろうか。

この前トングの製作でお世話になったドワーフのベギダリルさんくらいしか頼れそうな人はいな

いので、聞いてみよう。

「ということでミントオイルの蒸留器みたいなのが欲しいんですけど」

「あぁ蒸留器な、それならできるぞ。小型のほうがいいよな？　大きいとめちゃくちゃ高いからな」

「そうですね」

ニッと笑ってまかせろと言ってくれる。

「ところで蒸留器なんてなんで作れるんですか？」

「そんなの酒に決まってるだろ。アルコールだって油みたいなもんだからな。ドワーフといったらウォッカとウィスキー。ウォッカとウィスキーといったらドワーフ」

「なるほど」

非常に納得できる理由だった。

「だからドワーフの鍛冶《かじ》屋は蒸留器を作れなきゃ一人前とは言えん。うちにもあるんだ。それでだな、ちょうど最近自家製の酒用の蒸留器を小型のものから中型の大きいのに替えたんじゃ。小型のが余ってるから持ってけ」

「え、いいんですか？」

「もちろん料金は取るぞ。ただし相場の半額じゃ」

「ありがとうございます」

こうして蒸留器を入手した。それをアイテムボックスに収納する。

別に変な顔もされなかったので普通なのだろう。セーフ。せこせこハリスの家に向かった。

「というわけでミントオイルの製造をしたい。蒸留器があるんだが、ハリスんちに置いて作ってほしいんだけど」

「あぁ仕事はまだ欲しい。人数が多いと仕事が足りねぇ」

「だよな。じゃあ頼む」

「おうよ。お任せされるぜ」

と二つ返事でＯＫを貰ってハリスの家を製造工場とした。

ハリスの家は俺の元の家と一緒でしっかり屋根と壁があり、スラム街では大きいほうなのだ。

「じゃあみんな、今日の採取はミントだけだ」

「おぉおおお、ミントな」

「ミント！」

みんなでミントをかき集める。小一時間でもみんなで集めればあっという間だ。

それを蒸留器にセットして蒸す。火はいらない。これは魔道コンロの一種なので。

そうして待つことさらに一時間くらいで、ぽつぽつと一滴ずつ冷却パイプの先から垂れてくる。

それを小ビンで受ける。嗅いでみるとスーッとする匂いがする。

オイルは無色透明だ。

「ほら、これがミントオイル」

「おぉお。いい匂いするな、なるほどこれを貴族のご婦人とかが肌につけるんだな」

「そういうこと」

「なるほど、売れそうだな。さすがエドだ」

　こうしてミントオイルが製造できた。卸し先をどうしようかなと思ったが、さっそくセブンセブン商会に持ち込んでみた。従業員の偉い人が応対してくれる。

「ほぉ、これがミントオイルですか」

「そうです」

「似たコンセプトのものはあります。ラベンダーオイルですね」

「あぁラベンダーオイルですか。それなら？」

「はい、これも売れると思います。ラベンダーはいい香りですが好まないかたも多いそうで」

「へぇ」

「これは香りがちょうどいいですね。それにスッとして夏に特にいい。素晴らしいです」

「えへへ」

　評価は上々、さっそくトライエ貴族向けに店に置いて、さらに王都の貴族向けの荷物に一緒に入れてくれることになった。

　ちなみにセブンセブン商会ではマジックバッグを持った人間が乗ったランバード便を主に使っていて、特急配達ができる。

　量が多いものに関しては普通の馬車を手配することもあるそうだ。

　それで少量で高値がつくミントオイルはランバード便に載せてもらえることになった。

　数日のうちに王都に到着する予定だそうだ。さすがセブンセブン、仕事が早い。

家にも持って帰る。

「ほらこれがミントオイル」

「へぇ、なにこれスーッとする。面白いね」

「みゃう、変な感じするみゃう」

ミーニャもシエルも楽しそうに匂いを嗅いでいる。

「こうして手首のところにつけて使うんだ」

「へぇ」

「ふぅん」

香水のつけかたを教える。耳の後ろとかにつける人もいる。

さわやかな匂いがして、なんだかいい感じだ。

ただミーニャもシエルもそれからラニアも、元々女の子特有のいい匂いがするので、香水はつけなくてもいいんだよな。

メルンさんは別に変な臭いとかしないけど、おすすめしてみるか。

「メルンさん、どうです。香水みたいな感じのものだけど」

「えぇ、さわやかでいいわね」

メルンさんにもご好評いただいて、サンプルの香水はメルンさんが使うことになった。

患者にお金があるとは思えないけど、スラム街の診療所で話題くらいにはなるかもしれない。

別に香水以外の用途でもいいのか。例えば頭につけてトニックみたいに使うという手もある。

夏の暑い日にはよろこばれそうだ。

朝シャン文化なんてないけど、水で頭を洗うことはある。

試しに水を汲《く》んできて数滴ミントオイルを垂らしてやってみた。

「うぉぉ頭が……」

頭が変な感じに。慣れないとスースーしてたまらん。

気持ちいいといえば気持ちいい。流行《はや》るかどうかは微妙なところだ。

商品は売るだけでなくて、使い方もレクチャーしないとだめなんだな。

特に新しい商品はどうやって使ったらいいかわからないもんな。勉強になったわ。


ラニアと喫茶店エルフィールの当番の日。まだ開店直後でお客さんは誰もいない。

「エド君、いたいた！　エドくぅぅん」

犬みたいにくぅーんと伸ばして現れたのは、領主様の次女エレノア様だった。

ドアを開けて一人で入ってきたので、すぐにバタンと閉める。

ピンク髪のツインテールで、俺たちと同じ六歳だ。

「エレノア様、護衛すら連れないで、どうしたんですか」

「あの子たち遅いんですもの、ほんと困りますわね」

ほっぺに手をやる仕草はかわいいが、要はお転婆《てんば》娘ということだ。

エレノア様から遅れてすぐ、その護衛たちがドアを勢いよく開けて入ってきた。

「し、失礼いたします」

騎士団の女の子が三人。鎧姿だけどミニスカートでどこかかわいらしい。

いわゆるドレスアーマーと言われたりするタイプだ。

鎧は銀色で真っ赤なスカートはタック多めのひらひらだった。

ただしお姫様用とは違い、装飾そのものは少なめで実用性重視だとわかる。

あと胸鎧《ブレストプレート》が膨らんでいて男性用とはフォルムがだいぶ違う。

そっか、女の子の護衛は女騎士が務めるんだね。

そうだよね。女子トイレとか下着売り場とか男騎士だと入りづらいし。

「それでエレノア様、どうしたんですかこんな場末に」

「場末だなんて。素敵な喫茶店を始めたって聞いて、飛んできたんですのよ」

「ありがとうございます。褒めていただいて」

「いいのですわ。それから午前中は女の子を連れて小学校とかいう場所に行っているとか」

「はい。ラニエルダ青空小学校ですね」

「私も通いたいと言ったのに、お父様に『そんな低俗な学校に行ってはいけない』と言われてしまいましたのよ」

「そうですか。ほんの初心者向けの学校ですから、家庭教師がいるのなら必要ないでしょう。それにスラム街ですよ、あそこ」

「う、そうね。正論で言われたら言い返せないではないですの」

はぁ、と両手を広げて「ありえない」っていうポーズをする。

「まあ、許してください」

「はい。許しますわ。エド君、それで、おいしい飲み物をください」

「そうですね。外は暑いですしアイスでいいですよね」

「そうね」

「メニューはそこにありますので選んでください。クッキーのジャム添え、それかお昼がまだなら豆ランチなら出せますけど」

「お昼は食べてきたの。そうね、これ、タンポポコーヒーっていうのください」

アイスタンポポコーヒーを出す。

「ふぅん、少し香ばしいような、ちょっと独特の苦みがあって、おいしい」

「ありがとうございます」

「あのですわね。なんというか、その（ごにょごにょ）……」

「なんですか？　聞こえません」

「もっと、その、敬語なんてやめてくださいまし。他人行儀みたいで、イヤなの」

「そうですか？　じゃあ、もう少しフランクな感じにさせてもらうよ？」

「そう、それでいいのよ。エド君」

俺のほうを見て微笑《ほほえ》んでくれるエレノア様。なんだかこっちはやりにくいんだけど。

調子が狂うというか、高貴な人がこんなところで呑気《のんき》にタンポポコーヒーを飲んでいるなんて。

「失礼しますじゃ」

そこへ、ああ、おじいちゃん。司祭様がやってきた。

こちらはいつも連れている女子三人組もちゃんとついてきている。

「どうして司祭様が」

エレノア様も少し驚いている。

「それはわしの台詞《せりふ》ですぞ、エレノア様」

「まあ、なんでですの」

「エレノア様が護衛を引き離して走っていったと聞いて、わしも飛んできたのですじゃ」

「まぁ」

「まったく、お淑《しと》やかだった性格はどこへ置いてきたのか」

「いいんですの」

「さようですか」

ふむ。この二人、そこそこ親しいのかな。普通に会話している。まあそうだろうな、とは思う。

なんたって街の有力者同士だから食事会とか会合とかで顔ぐらい合わせるのだろう。

司祭様もアイスコーヒーをご注文だ。しばらく二人の会話が続くのを俺とラニアで見守る。

タンポポコーヒーは少しだけ高いので、護衛の女騎士さんとお付きの人にはアイスの健康茶を順番に出していく。

「それで、それですよ。健康茶？　とかいう」

「これですか？　エレノア様」

「そうよエド君。なんだか最近下町で流行っているって噂で。でも貴族には紅茶があるから要らないわねって笑い飛ばしているのを聞いて私、癪《しゃく》に障って……」

そうか、俺が健康茶を扱っているとご存じのようだ。

エレノア様が少し悔しそうにニッとする。そんな顔も俺から見たらかわいらしいが。

「紅茶は紅茶で素晴らしいと俺も思うよ。健康茶も負けてはいないけど、ジャンルが違うので比較してもしょうがないと思うんだ」

「そうね。エド君のほうが大人だわ。えらいですわ」

「いえ」

エレノア様がアイス健康茶も飲みたいというので出す。

「ところで護衛はみんな三人なのかな？　パレードも三人組の騎士が三列だったけど」

「よく見てるのですね。スリーマンセルっていうの。シルリエット説明して」

女騎士さんの隊長らしい人がシルリエットさんのようだ。

血の薄いハーフエルフさんなのか耳がわずかに尖《とが》っていて肌も白い。

髪の毛は黄色が混じった薄い茶色。年齢は十八歳ぐらいに見える。

ちなみにこの世界では一般市民は十二歳までに就職なり仕事につく。

貴族や裕福な家庭の子は十二歳になると高等学校へ進んで十五歳で卒業だ。

小学校はあったりなかったり、他に私塾みたいなものがある。

トライエ市内にも小学校はあるんだけど上級市民向けしかない。

「はい、エレノアお嬢様。三人一組をスリーマンセルといいます。敵を発見した者が盾に、次の者が剣になり、残り一人が伝令のために戻ります。だから三人なのです」

「なるほど」

「そういえばパレードよかったですよ。エレノア様」

「まぁ、ありがとう。手を振り返してくれていたのは見えていたわ。私こそ、ありがとうですわ」

「どういたしまして」

「ふふ。こういうことは少ないからなんだか恥ずかしいわね」

「そうですね」

その後、俺は女騎士さんたちがパレードに出ていなかったことについて質問した。

どうやら女騎士は少人数しかおらず、全員が近衛騎士団に所属している。

それ以外の騎士団所属の女の子はいなくて「女子魔法部隊にでも入っていろ」というのが騎士団の多数派の言い分らしい。

そのため一般兵団へ入った女子の精鋭や貴族籍の女の子が選抜されて近衛所属に任命される。

特殊なルートだと武装メイド上がりの子もいるそうだ。

基本的には近衛騎士は護衛なのでパレードには参加しない。

正規の騎士団は「女騎士のミニスカートでなんて恥ずかしくて戦えまい」と下に見ているため花になるとしても女騎士のパレード参加は認めないそうだ。

パレードのリーダーを務めたビーエストさんはそんな古い考えに異を唱える参加容認派であったそうだが、古参兵などに頑《かたく》なに拒否されたため今回は流れたらしい。

「まあ、なんというかいろいろあるんですね」

「あはは、ええ」

シルリエットさんが苦笑気味に笑ってくれる。

この人も少し苦労してそうだ。顔はかわいいけど。

「ちょっとエド君。シルリエットとばかり話して」

「おっとエレノア様、すみません。熱中してしまって」

「そんなに女の子の騎士が好きなの？」

「いえ、そういうわけではないんだけど、カッコイイよね、女騎士って」

「「きゃっきゃ」」

「まぁそうだけど……（私だって、戦えるのに）」

俺が褒めると、女騎士の子たちはちょっとうれしそうだった。

お堅い騎士様かと思っていたけど、真面目なだけで女の子なんだなぁ。

エレノア様は少しぶつぶつ「私だって、私のほうが」とか言っている。

百面相をしているので面白い。

「おっほん。仲がよろしいようで、結構ですじゃ」

そういえば司祭様もいたんだった。忘れていた。

ニコニコして俺たちのほうを見ているから機嫌は良さそうだけど、びっくりした。


それからエレノア様と司祭様を交えてしばらく会話した。

お客様には悪いけどお店はクローズドにしてある。

オープンのままでも外に騎士がいるから入ってこないと思うけど。

女近衛騎士三名のほかに普通の近衛騎士三名の別のチームもいるのだ。

「少しお腹がすいてきたわね」

「そうですか、なにか食べますか？　ピザとかどう？　メニューにはまだないんだけど」

「ピザ？　どんな料理なのかしら」

「えっと、薄いパン生地にトマトとバジルとかとチーズをのせてオーブンで焼いたものだね」

「そうなのですね。ぜひ、それをっ！」

ニッコニコでそう答えるエレノア様。司祭様もそれを見て微笑んでいた。

俺はアイテムボックスから焼く前のピザを取り出す。

ピザはいつでも焼けるようにストックがあるのだ。

実を言えば焼いて入れておけばいいのだけど、それだとアイテムボックスがバレてしまう。

オーブンを予熱してからピザを入れる。

今日のピザは森産トマト、草原のバジル、薄切りのウサギ肉、そしてスライスしたチーズをまんべんなくのせてある。

後をラニアにお任せして俺はエレノア様の相手をする。

「なんだかいい匂いがしますわ」

「そうですのお」

エレノア様だけでなく司祭様もノリノリだ。

「ピザ、お待たせしました」

「おおぉ」

「ほほう」

ラニアがピザを二人の前にそっと配膳する。

「これがピザなのですね。とっても美味しそう！　エド君は天才ですわね」

「ま、まあね」

「では、いただきますわ」

「ラファリエール様に感謝して、いただきます」

司祭様はさすがにラファリエ教徒だけあって、ちゃんとした挨拶をした。

「おいしぃ!!」

「ああ、とっても美味しいですのう」

もぐもぐとエレノア様がかわいらしくピザを頬張《ほおば》る。

俺とラニアはそれを微笑ましく眺めていた。こっちもお腹がすいてきた。

「こんなに美味しいものがあるなんて、エド君はすごい」

「まあ、うん」

「エド君、エド君、これ、これは売っていませんの？　さっきメニューにはないって」

「ああ、今度喫茶店をすぐそこの家に移して、ここをピザとカレーの店にするんだ」

「まぁ、ところでカレーってなんですの？」

「カレーは辛い食べ物で、スパイスが利いてるスープなんだ」

「スープなのね。今度食べてみたいわ。また来るわね」

それから他に聞ける人がいないので、エレノア様にエルダニア領主館について質問してみた。

「エルダニア領主館なら前の領主が逃げ出したから今は無人のはずよ。管理はうちでやっているから利用許可なら取れるけど」

「じゃあ、お願いしてもいい？」

「もちろん」

こうしてエレノア様に領主館ホテルの設置許可をお願いした。

その後も雑談などをして、司祭様とエレノア様は帰っていった。

話はとんとん拍子で進む。領主館ホテルはエレノア様による支援が決まり、資金の援助なども受けられることになった。

現地へ行って調べたところ、ベッドや布団、それから食器類、調理器具に至るまで、エルダニア領主館にはそっくりそのまま放置されていたため、準備するものが少なく済んだ。

喫茶店エルフィールは近所の「エルフィール三号店」に移された。アルバイトの人も決まった。

ハーフエルフの店員さんは魔法が使えるため、氷の手配をお願いした。

これで俺たちなしでも指示だけで店が回せる体制を整えることができた。

今住んでいる家のリビングは「会員制料理店エルフィール」に生まれ変わる。

出すのはエレノア様に話した通りお茶類とカレーとピザだ。

こちらも先ほどのハーフエルフさんに氷をお願いして、あとは他の店員さんにお任せする体制ができた。

ギードさんはラニエルダ青空小学校の先生を辞めた。

こちらも後任にハーフエルフさんが見つかったので、問題はない。

閑話　エレノア様と気になる男の子

トライエ市領主ゼッケンバウアー伯爵家次女エレノアが私。

ピンク髪をツインテールにしていて碧眼《へきがん》の六歳の女の子だ。

最近、気になる男の子が出来た。エド君だ。

スラム街に住んでおり、会ったのはエルダニアでの評判によって領主館に招かれてトマトスープを披露してくれたのが最初だったと思う。

トマトスープは塩気や旨味《うまみ》があり絶品だったのを覚えている。

こんな最高のスープは食べたことがなかった。

それを作ったのが私と同じ六歳の男の子だとわかり、私はお婿さんにしたいと思った。

領主館の料理はどれも美味《おい》しいけれど、最近は鶏肉ばかりで飽きてきたというのもある。

新しい料理を私たちに提供してくれる人は私にはとても魅力的に見えた。


エド君はゴブリン・スタンピードでは大活躍だった。

私は彼がお父様に謁見《えっけん》したとき、横で話を聞いていたけれど、あんな大きなゴブリンキングを倒してしまうなんて、やっぱりすごい。

いくら剣がいいものだからといっても体格差がある。

「エド君は怖くないのかしら」

領主館でぽつりと言ってみたものの返事はなかった。

お父様とも真剣に話をして大人みたいに立派に受け応えもしていた。

なんだかすごいんだなって思ったのだ。

ゼッケンバウアー伯爵叙爵記念日でのパレードのとき。

私は馬車からトライエ市の沿道の人々を見ていた。

その中にエド君がいたのだ。

「エドくーん、おーい」

「エレノア様〜おーい」

手を振り合ったのを覚えている。私の声もきっと聞こえたのだろう。

とてもうれしくなり心臓もドキドキしてしまった。

料理を振る舞ってくれたエド君は私に新しい刺激をくれる。

そんな彼のことが気になって気になってしょうがなかったのだ。


そんなエド君であったが、スラム街からトライエ市内に引っ越して喫茶店を始めたと聞いた。

いろいろな情報が領主のところには集まってくる。

もちろん不要な情報も多いのだけれど、ちゃんと先に誰の情報が欲しいって要望すればまとめてくれるのだ。

いひひ。『エドのうんち一週間戦争』の話と顛末《てんまつ》だって知っている。

青空小学校の件もそうだ。なんだかんだと裏で動いていたらしいと聞きおよんでいる。

重要な案件に裏でさらっとかかわっていたりするから侮れないのだ。

この前は喫茶店に行って話をした。

「あれ、このジャム」

「うん、自家製」

それでわかったことだけど、以前家でジャムや大イノシシの料理が出たことがあった。

あれも元をたどればエド君が採ってきて加工したジャムで、大イノシシを倒したのもエド君たちだっていうんだから、それはもうびっくりした。

喫茶店でさらっとジャムが出てきたから聞いてみたのだ。

そしてピザとかカレーとか美味しい料理の数々。


なんなんだろう、本当になんなの。

エド君の頭の中ってどうなってるんだろう。

私は非常に興味を持った。こんな頭が良くてなんでも思いついて、そして実は強くて。

なんでもできて。

そして黒髪の男の子。黒髪といえばこの国にはほとんどいない。

市井では「呪われた子」と言われているが、実は貴族の間では別の話が知られている。

それは王家の血筋に関係しているという噂《うわさ》だった。

はるか昔、エルフの血筋とは別に、異なる世界からの生まれ変わりだという黒髪の王が国を発展させた。

だから、王家には金髪が多いがたまに黒髪が生まれるというのだ。

それで市井で認知されていない愛人などの王家の血を引く人が生まれたとき、たまに黒髪のことがあり王位継承権や様々な問題を引き起こす。

それが「黒髪の呪い」というふうに歪《ゆが》んで伝えられて「忌み子」になったということだ。

つまりエド君ももしかしたら王家に近い血筋の可能性がある。

私にも遠縁だけれど王家の血が入っている。

そう思うと親近感が湧いてくる。

余計、エド君に興味が出てくる。お婿さんの件はお父様にいさめられてしまったけど、まだ諦めてはいない。

そしてエド君からエルダニア復興計画を聞かされた。私は是非もなく賛成し出資することに決めた。壊滅したエルダニアを復興させようだなんてすごい。

私は興奮して、お小遣いを出すだけでなくお父様にかけ合って資金を融通してもらった。

いままでこんなにお願いしたことがなかったのでお父様も驚いていた。

スポンサーの当然の権利としてエド君を監督するのだ。

いけいけ、私。エド君、待っててね。

エピローグ　エルダニア仮領主

だいぶ暑くなってきた。

しかしミーニャは相変わらずで朝になると俺にくっついている。

朝方はまだ少し涼しいのが幸いなところだ。

エルダニア領主館をホテルにすることも決まって、話はとんとん拍子だ。

あまりにも順調でちょっと怖いくらいだった。

エレノア様は資金だけでなく、人員も貸してくれる。

まずエルダニア領主館を見に人をやった。内部はほとんどのものが残されたままだったそうだ。

領主が真っ先に逃亡したため、残された使用人たちは財産を持ち出す許可を貰《もら》う当事者を失い、必要最低限の自分たちのものだけを持って王都へ避難したそうだ。だからベッドから魔道コンロまで何でもそのままになっていたと。

エレノア様もやる気出まくりだ。ただし俺たちがトライエ市からエルダニアに引っ越すのは寂しいみたい。

「エド君、本当にエルダニアに行っちゃうんですの？」

「うん」

「そんなこと、雇った人を送れば済むことですわ。エド君は一緒にトライエ領主館に住みませんか？　女の子たちも一緒でいいですわ」

「うーん、確かに自分の手でやらなくてもいいのか。でもギードさんたちだけじゃ心配だし」

「それはそうですけど」

トライエ市とエルダニアの間は片道三日。往復となると六日はかかる。

もちろんランバードに乗って強行軍をすれば片道二日といったところだけど、子供の体力では厳しい。

「そうだわ、出資者として私が監視に行けばいいのよ。私は別に学校に行っているわけでもないし、エルダニアについていけばいいんだわ」

「どうだろうね」

「いひひ。お父様たちに邪魔されずにエド君と愛の巣を作れるわ。女の子たち三人はいるとしても、みんなで楽しく過ごせば幸せですわね」

「悪い顔してる」

「だってこんなに楽しいこと他にないわ」

領主館まで下見に行った人に間取りを説明してもらい、部屋割りをしていく。

ベッドは使用人たちが使っていた使用人部屋ごとホテルに転用できる。

ちょうど一人部屋、相部屋があり客室にぴったりだった。

俺たちも領主一家が生活していた個室や応接間、小食堂などをそのまま使える。

大食堂もあり、お客さんたちの食堂にすることにした。

それから地下室。地下一階には倉庫、食料庫があった。地下二階には大きなワイン保管庫とそれから牢屋《ろうや》。

牢屋はこういう行政機関にはどうしても必要なのだそうなので、そのまま残す。

俺たちが学校へ行って、新しく決まったハーフエルフの先生の授業を受けている間にも、準備は進んだ。

そしてついにエルダニアに行く日になった。

もう準備はほとんど終わっていて、あとは俺たち経営陣と実働部隊が行って、ホテルを開業するだけだった。

ミーニャとその両親、ラニア、シエル、あとエレノア様と女騎士さん一人、それからエッグバードを乗せて俺たちの馬車はエルトリア街道を進む。

もう一台、人間とエルフのお手伝いさんたちを乗せた馬車も一緒についてくる。

さらにエレノア様の本来の馬車に女騎士二名、男の騎士三人、武装メイドさん三人を乗せている。

俺たちの馬車に乗せている女騎士さんは、シルリエットさんだ。

胸の形のブレストプレート、籠手《こて》、膝当て《クリーブ》は金属製だが限界まで軽量化されている。

ペットボトルのように表面に凹凸があり、形状によって硬さを補っている。

ひらひらのミニスカート、ガーター、ニーソックスは赤だ。

この世界では赤の染料は比較的高価で高貴な色とされる。

上腕、お腹、太ももは素肌が見えていてちょっと色気がある。

絶対領域はなかなかどうして。

元男子高校生といっても女子はミニスカに普通丈の紺のソックスだったので、絶対領域は絶滅危惧種だ。

この絶妙に太ももだけ見えていて、スカートがヒラッと揺れるところがなんともいえないのだ。

この女騎士の制服決めたの、絶対おっさんだよな。よくわかっている。

「やっぱりエド君のスープは美味《おい》しいですわ」

「そりゃどうも」

エレノア様もご満悦。道中は俺が料理担当だったので、スープを作った。

エルダタケはなんとか在庫があったので、節約しつつ入れた。

トマト、ナスなどの夏野菜スープだ。

馬車ではミーニャはすっかりハーフエルフのシルリエットさんがお気に入りで、彼女の膝に乗せてもらってくつろいでいた。

冒険者ギルドのミクラシアさんは崇拝するがごとく接してくるので苦手そうだった。

同じハーフエルフでも、シルリエットさんはミーニャと波長が合う、のほほんとしたところがあるみたい。

「ふんふ～ん。にゃららららん、はにゃる～ん♪」

終始こんな感じに鼻歌とか歌っちゃって、お膝の上でゆっくり左右に揺れている。

俺たちはそんな疑似エルフ姉妹をニヤニヤして見つつ、馬車に揺られた。

あっち向いてホイとか、お互い同時に親指を立ててその数を当てるゲームとかをしつつ過ごした。

そうして、ようやく領主館に到着した。

「やっと着いたにゃ」

「おう、ミーニャ、走り回るなよ」

「そんなことしないよぉエドぉ」

そう言って俺の周りをくるくる回る。

こうしてるとまるで気まぐれな妖精みたいだな。

エレノア様を先頭に、彼女に雇われ先行して到着していた雑用係に玄関を開けてもらい、中に入る。広い。

トライエ領主館より少しだけ狭いくらいの広さだ。

「ここが私たちの新しいハウスね！」

「おう、ってかそれ言いたいだけやろ」

「にゃーん」

ミーニャが走っていってしまった。後をシエルが追う。

俺とラニアはそっと手を取り合う。すかさず反対側にエレノア様がずずずっと近づいてきて、そっと手をつんつんしてくる。

「私とも、手をつないでよ」

「あ、ああ」

エレノア様とも手をつなぐ。ゆっくり、しかし確実に領主館ホテルへ入る。

ここが俺たちの新しい家。エルダニア領主館ホテル。


トライエ市を離れ、エルダニア領主館ホテルの運営に力を入れることになった。

ホテルのほうも住み込みの仕事を希望しているハーフエルフさんが二人ほどいる。

他にもヒューマンの住み込みの女の子を三人、手配してある。全員が到着した。

というか他にも噂《うわさ》を聞きつけた元サルバトリア領のエルフさんが何人かお手伝いに集まってきている。

それからラプンツェル・シスターズ。

彼女たちもエレノア様から連絡が行ったのか、噂を聞きつけたのか、わからないけれど、領主館に滞在している。

一応、今はギードさん一家の専属護衛をしてもらっている。

領主館ホテルのロビーに全員が集まった。

「ごほん。エルダニア領主館ホテル、本日より営業開始を宣言します」

ギードさんだ。喫茶店エルフィールは都合上、俺が仮店長をしていたが、ここは違う。

ホテルの支配人はギードさんになっている。つまり――。

「うおぉおぉぉ」

「領主様、新しい領主様の誕生だ」

「それも、ごほんごほん、秘密じゃが、あのギード様じゃ」

ここ元ドリアンドン伯爵領の新領主こそ、ギードさんその人ということになる。

みんなギードさんに注目している。中には涙ぐんでいる人もいる。

以前、この人たちはギードさんに救われたのだから、恩義も感じるだろう。

「ああ、まだ対外的には公にしないが、元サルバトリア公爵の私がここを新サルバトリア公爵領とすることを、仮宣言する。目標は正式にメルリア国王に領主として認めてもらうことだ」

一斉に拍手が起こる。

「おおおおおお」

「領主様、万歳、万歳」

順番に並んでギードさんに握手を求める。以前来たときの販売店の人もいる。

「まあギード様、あなたが本当は領主様だったとは、これは一本取られました」

「あのときは偽りを告げて、すまなかった」

「いえ、まだお忍びでしたから。ご健闘、お祈りいたします」

「ありがとう」

例のごとく俺たち一行には監視なのかビーエストさんがついてきている。

「新領主様、よろしくお願いします」

「ビーエスト殿、エド君がお世話になっています。剣術をまた教えてやってほしい」

「もちろんですとも。この領も忙しくなります。戦力は多いに越したことはない」

「そうですね。脅威は突然やってくるから」

「はい」

ビーエストさんとギードさんが固い握手を交わす。

それを満足そうに見つめるエレノア様。

彼女はホテルの出資者という立場で、俺たちを見守っている。

護衛の女騎士さんたちも、キリッとしたいい表情をしていた。

「パパ、がんばってください」

無邪気な笑顔でミーニャが声援を送る。

「ギードさん、がんばってくださいね」

「ギードさん、がんばってみゃう」

おめかししたラニアとシエルもギードさんを応援する。

ラニアはうちの子ではないが、くっついてきていた。

「ありがとう。ところでエド君にも働いてもらうよ。水を出したり、知恵を借りたり、ピザを焼いたりね」

「あ、はい。頑張ります」

俺がギードさんに頭を下げる。

「エドちゃん、一緒に頑張ろうね！」

「エド君、私とも一緒に頑張りましょう」

「エド君、みんなで頑張るみゃう」

みんなが体を寄せてきて、ぐりぐりしてくる。その体温が温かい。

「いひひ、早く大きくなってお嫁さんにしてもらわないと、にゃ！」

「はい。私もよろしくお願いします」

「みゃうみゃう、わわわわ、私も、お嫁さんなりたいみゃう」

ミーニャが俺のほっぺにキスを落とす。

微笑《ほほえ》みを浮かべたラニアも同じようにキスをしてくる。

最後に焦ったシエルも軽くチュッとしてくる。

向こうではそれを見ていたエレノア様が顔を赤くして視線を泳がせていた。

さて、これからも、頑張らせていただきます。

目指せ、ギードさんの正式な領主就任。

それから、俺たちのスローライフ生活――。

閑話　トライエ市からの旅立ち

少し時間を戻して、トライエ市を立つ挨拶回りをしたときのこと。

「えっとドリドンさん、ハリス、ミクラシアさん、ビエルシーラさんかな」

「そうだね！」

「順番に行きましょう」

「いってくるにゃ！」

まずはドリドン雑貨店に向かう。

スラム街の入り口にありラニエルダ民の食料や各種雑貨を一手に担っている。

母親のトマリアがいなくなったあとは後見人にもなってくれた人だ。

ハーブティーなどの買い取りもしてくれて大変世話になった。

「ドリドンさん。今度、エルダニアの復興を始めることになって、しばらく留守にします」

「そうなのかい、エド君。寂しくなるね」

「ええ、今まで本当にお世話になりました」

「うんうん。あっという間に立派になって、行ってらっしゃい」

「行ってきます」

「ミーニャちゃん、ラニアちゃん、それからシエルちゃんもくっついていくんだろう？　がんばっておいで」

「はいにゃ」

「はい。行ってきます」

「いってくるみゃうみゃう」

女の子三人も順番に頭を撫《な》でられて旅立ちをお祝いされた。


次はハリスかな。

ガキ大将ハリス。前は喧嘩《けんか》もしたけど今では商売人として取引相手でもある。

今もスラム街に住んでいるので、ラニエルダの中を進んで家まで行った。

「ハリス！」

「よう、エド。どうした？」

「エルダニアに行くことになったから、しばらく留守にする」

「お、お前」

「うん。ラニエルダ民ならエルダニアの復興は悲願だろ」

「ああ、俺たちはここ生まれだから別になんとも思ってないけど、両親とかはな」

「だろ。ちょっくら街を復興させてくる」

「簡単に言って。こっちが困ったときは誰に言えばいいんだ」

「え、ドリドンさんに頼ってくれ。あとビエルシーラさんも相談に乗ってくれるよ」

「そっか。そうだよな。ありがと」

「おっおう」

「んじゃ」

「ああ」

子供同士なんて「んじゃ」で十分だよ。そんなもんだ。

腕をぶつけ合う挨拶をして別れた。

ハーブティーと健康茶では世話になったな。

あのガキンチョが今ではみんなをまとめるリーダーだってんだから。

雑用よりも儲《もう》かって前よりいい生活ができている。

みんなで幸せになろうな。


「次は冒険者ギルドだ。ミクラシアさんだね」

「うん」

冒険者ギルド受付嬢。ハーフエルフのミクラシアさん。

ミーニャを贔屓《ひいき》している。これはもうエルフの定めなので、しかたがない。

俺も新しい喫茶店用の家を借りたり、ちょっとしたことでもお世話になった。

「冒険者ギルドにようこそ。どんなご用ですか？」

「あ、ミクラシアさん。こんにちは」

「こんにちは。エド君、ミーニャ様たち」

「実はエルダニアの復興をすることになりまして」

「へぇ、それはすごいですね」

「しばらくトライエを離れます」

「はい。了解しました。向こうにはギルドがないから、たまにはいらっしゃい」

「うん」

それから少し雑談などの情報共有をしてお別れした。

「ミーニャ様、お元気で」

「はいっ」

ミーニャも最初は警戒していたけど、それほど悪い人ではないとわかって今では打ち解けている。

ミクラシアさんもいい人でよかった。


さて最後はビエルシーラ商店だ。

冒険者ギルドのすぐ近くの商業地区にある。

「こんにちは」

「こんにちは。エド君じゃないか」

「エルダニアの復興でしばらく向こうへ住むことになりましてね」

「あぁ聞いてるよ。うちからも資材が行ってるからね」

「そうでした。そうでした」

いろいろな物資の調達などですでにお世話になっている。

今も荷物が集められていた。

ということでビエルシーラ商店には今後もいろいろ調達してもらう予定だ。

「寂しくなるけど、注文はよろしく」

「ははは。商魂たくましいですね」

「そりゃね。大得意様だからね。領主館ホテルだなんて」

「そうですね。これからもよろしくお願いします」

「はい。こちらこそよろしく。未来の領主様かな？」

「さすがに領主にはならないと思いますけどね、あはは」

なんにせよ世話になるので挨拶はしておくに限る。

では一通り済んだので行きますか。


いろいろな人との出会いがあった。

みんな本当にいい人ばかりだった。

世の中には怖い人もいる。わかってはいたけど俺は運がいいんだ。

みんなのと出会いに乾杯。

ではエルダニアに向かいます。俺たちの冒険は続く。

異世界転生 スラム街からの成り上がり

～採取や猟をして
ご飯食べてスローライフ
するんだ～

MFブックス

異《い》世《せ》界《かい》転《てん》生《せい》スラム街《がい》からの成《な》り上《あ》がり
～採《さい》取《しゅ》や猟《りょう》をしてご飯《はん》食《た》べてスローライフするんだ～ 2

2023年12月25日　初版第一刷発行

著者　　　滝川海老郎
発行者　　山下直久
発行　　　株式会社KADOKAWA
〒102-8177　東京都千代田区富士見2-13-3
0570-002-301（ナビダイヤル）
印刷・製本　株式会社広済堂ネクスト
ISBN 978-4-04-683164-4 C0093

企画　　　株式会社フロンティアワークス
担当編集　　福島瑠衣子（株式会社フロンティアワークス）
ブックデザイン　　鈴木 勉（BELLS' GRAPHICS）
デザインフォーマット　　AFTERGLOW
イラスト　　沖史慈 宴

本書は、カクヨムに掲載された「異世界転生スラム街からの成り上がり　～採取や猟をしてご飯食べてスローライフするんだ～」を加筆修正したものです。

この作品はフィクションです。実在の人物・団体・事件・地名・名称等とは一切関係ありません。

ファンレター、作品のご感想をお待ちしています

宛先
〒102-0071　東京都千代田区富士見2-13-12
株式会社 KADOKAWA　MFブックス編集部気付
「滝川海老郎先生」係「沖史慈 宴先生」係

https://kdq.jp/mfb
パスワード
j6rvs

二次元コードまたはURLをご利用の上
右記のパスワードを入力してアンケートにご協力ください。

● PC・スマートフォンにも対応しております（一部対応していない機種もございます）。
●アンケートにご協力頂きますと、作者書き下ろしの「こぼれ話」が WEB で読めます。
●サイトにアクセスする際や、登録・メール送信時にかかる通信費はご負担ください。
● 2023 年 12 月時点の情報です。やむを得ない事情により公開を中断・終了する場合があります。